Illustration©Fumi Takamura

Opal
オパール文庫

今夜、君は僕のものになる

井上美珠

プランタン出版

※本作品の内容はすべてフィクションです。

1

カニンガムホテル。

それはアメリカ発祥の国際的ホテルグループ。各国主要都市に展開している、大手ラグジュアリーホテルとして有名。創始者はドナルド・カニンガム氏。小さなホテル経営から始まったカニンガムホテルは、今や世界最高のホテルと評価され、愛されるホテルとなった。

特にカニンガムホテル東京は世界ランキング一位の評価を受けており、その称号を最近手にしたばかりである。

また同族経営をしないことでも有名であるが、カニンガム家は常に株式の四分の一以上を保有している。

☆　☆　☆

――贅沢《ぜいたく》なことを一度だけしてみたい。

どうせなら休みをフルに使って、素敵な高級ホテルに泊まる。

もちろんただの部屋じゃなくて、クラブフロアに泊まる。たった一人で広いベッドを占拠し、朝ご飯食べてアフタヌーンティーもとる。夜はバーでお酒を飲んで、優雅に過ごす。

絶対ホテルから、出ることはせずに。

それを叶えてくれたのは、カニンガムホテル東京。世界の人々からの評価も高く、世界一のホテルになったこともあるラグジュアリーなホテルは、一泊五万円は下らない。

だが、ストレス発散のために思いっきり財布の紐を緩め泊まったカニンガムホテル東京は、一般人の自分にも、最高のおもてなしをしてくれた。

最初にあまり部屋から出ないで過ごしたいと言ったら、食事の間に清掃を済ませ、シーツも綺麗に交換。クラブフロア専用で食べる美味しい朝ご飯は毎日メニューが変わって、アメリカンスタイルから中華まで幅広い内容だった。

アフタヌーンティーも鮮やかなケーキや美味しいクッキー、マカロン、サンドイッチなどが用意され、夜にはシャンパンもふるまってくれた。

こんなクラブフロア、すごい、と思った。

また泊まりたいと思った。

『カニンガムホテル東京の皆様へ。

こんなにすごいおもてなしをしてくれるホテルは初めてです。お金持ちでもない、一般人で年若い私ですが、ここまでのサービス、感動しました。毎朝の朝食も、アフタヌーンティーも、夕食前のオードブルもシャンパンもすごく美味しかったです。また、ホテルから出たくないという私の要望も叶えてくださり、毎日のベッドメイキングや清掃も素晴らしかったです。ゆったりとした気分で過ごせたのも、このカニンガムホテル東京という場所だからだと思います。また絶対に泊まりに来ます。今日のこの日を、忘れません。カニンガムホテルのファンになった小泉陽子《こいずみはるこ》より』

ホテルで受けたもてなしや雰囲気が忘れられず、陽子はカニンガムホテルで働いてみたいと心から思うようになって、悩んだ末に就職試験を受けた。

ビジネスホテルのウエイトレスから、カニンガムホテル東京のハウスキーパーになった時、この綺麗なホテルで今度は自分がお客様をおもてなしできるんだと胸が高鳴った。

あまりにも細部まで決められた慣れない仕事で、最初はうまくできずに悩んだりもした。しかし、自分のような客がいて、感動して帰ってくれるのなら、としっかり前を向いた。今は仕事を一つずつ覚えていき、お客様相手に行き届いたサービスができるようになってきたと、自信がついてきた。

自分で働いてみて、そしてそのサービスの中身を知れば知るほど、ここは世界一のホテルだと思うことばかり。こんな職場で働いている自分は幸せだと、いつも思う。そしてもっと、向上したいと考える。

それから年に四回、続けて二泊。自分も最高のサービスを受けたくて、予約を入れる。社員としてではなく一般の客としてクラブフロアへ泊まるのが、誰にも秘密の楽しみとなった。

宿泊するたびに、誰が何と言おうと、このホテルは最高で最高のカニンガムホテル東京なのだと、心から思うのだった。

☆　☆　☆

ホテルのハウスキーパーの朝は、忙しい。

『坂下《さかした》さん、５００６号室のお客様、チェックアウト』

「はい。今から清掃に向かいます」

チェックアウトされた部屋は、瞬時にその日のハウスキーパーリーダーに連絡され、インカムを身に着けたハウスキーパーに素早く伝達されて、部屋の清掃がなされる。

カニンガムホテル東京に入社し、ハウスキーパー一人一人にインカム、なんてびっくりした。けれど、大変効率が上がり便利で、ものすごく役に立っているし、何にせよ仕事が素早くできた。

導入したのは二年半前らしく、慣れるまでに時間がかかった、と聞くこともしばしば。しかし、やっと二年目の自分には最初からインカム使用だったので、なんて便利なんだと思うくらい。

『陽子ちゃん、山田《やまだ》です。そこ終わったら、申し訳ないけど６０１６号室に来て。めっちゃ散らかってる……』

「……了解です。こちらあと二十分程度で終了します」

５００６号室のお客様は、いたって普通だった。ゴミも綺麗にゴミ箱へ入れているし、瓶や缶類もまとめてあった。シーツも汚くなく、ナイトウエアは使用済みのものを畳んで置いてあった。

陽子は清掃を終えて、掃除機のスイッチを切る。ベッド周辺とバスルーム、鏡台付近を指さしチェックした。

「よし、オッケー」

最後に、とハウスキーパーが身に着けているエプロンのポケットから百円玉を取り出し、シーツの上にポトンと落とす。そうすると、ピコンと百円玉が跳ね返り、陽子は満足の笑みを浮かべた。こうなるのはベッドメイキングが完璧にできている証拠。

ハウスキーパー担当のカードに名前を書いてベッドサイドテーブルに置くと、一度うなずいてから次は、と頭を巡らせる。

「６０１６号室だ。……立田《たつた》マネージャー、山田さんが担当している６０１６号室がすごく散らかっているらしくて、応援に向かいます」

『あー……。マジですごいから頑張ってね。よろしく』

仕方ない、という風に返事をした今日のリーダーであり、ハウスキーパーの責任者である立田が、言葉を濁していた。

「そんなにすごいのかな……」

陽子が従業員用のエレベーターを使って、自身の仕事道具とともに６０１６号室にたどり着くと、そこはものすごく散らかっていた。

「お疲れ様です」

「お疲れ、待ってたよ、陽子ちゃん」

眉を下げているのは先輩の山田久代《ひさよ》だ。彼女がそんな顔をしているのもうなずける。

「これは、結構な……」

入った途端、匂いが違った。ものすごい油臭がしたと思ったら、床にスナック菓子類が多量に散らばった形跡がある。それらは久代が片づけたのだろうが、絨毯《じゅうたん》張りの床が油染みでかなり汚れている。おまけに、使ったものを置いて行ったらしく、とある道具やクラッカーのゴミがちらほら見えていた。

「床がひどくて……陽子ちゃん、バスルーム見てきてくれる？　手袋、した方がいいわ」

困ったように笑う久代を見て、陽子はゴム手袋をしてバスルームを見に行った。

陽子だって成人女性。ホテルでアレをするのは普通だと思う。大好きな彼と、いつかはこのカニンガムホテル東京の素敵な部屋でと思うけど。

カップルがよく使う、アレの時に必要なものがべったりとバスルームの床に二つ、張り付いていた。

「バスルームの床に捨てるなんて。ゴミ箱置いてるでしょ？　アメニティ、すごく良いものを置いてるけどね。こんな風に散らかして容器を適当に捨てないでよ……ここ、カニンガムホテルだよ?」

陽子はカニンガムホテル東京の大ファンだ。高いお金を払って宿泊しているのだから文句は言わないけれど。

「美しいアメニティの容器が……ううっ」

アメニティの容器は、陽子のお気に入りの一つだ。ホテルのマークと、その容器に縁取りされた繊細なデザインは量産にしては良くできている。おまけに中身は有名ブランドのシャンプーやリンス、ボディーソープで、化粧水等々も同じブランドのライン。要するに、その辺の市販のものよりも高級品で、肌に良いものなのだ。

中身が飛び出し、浴槽の中に放り込んである美しい容器を拾い、それも捨てた。

「綺麗にしてみせます。カニンガムホテルのために」

陽子のカニンガムホテル東京愛を舐めないで欲しいと思うくらい、ここに宿泊した客は散らかし放題。いったい何をやったんだよ、と思うけれど。陽子の愛するカニンガムホテル東京を綺麗にすると思えば、何だってできる。

「陽子ちゃーん、そこ終わったらこっちの床手伝ってねー!」

「はーい!」

マスクを着けてくればよかった、と思ったけれど。いやいや、マスクを着けなくても大丈夫。ここはカニンガムホテル、と何度も言い聞かせる。真っ白い、普通のホテルより大きいバスタブに水をかけながら陽子は気合いを入れた。

「どこの部屋よりも綺麗に磨いてやるから待ってなさい！」

スポンジを手にした陽子は、さっそくバスタブを磨きにかかる。

こうして、坂下陽子の日常は過ぎていくのだった。

☆　☆　☆

陽子は仕事から帰ってきて、スマホを見つめながら大きなため息をついた。

現在カニンガムホテル東京では、クラブフロア、スイートルームに限ってコラボキャンペーンを実施している。それは英国にある老舗のトラベルケースのブランド、アイリス・エレインとカニンガムホテル東京のファブリックと内装の監修をしたデザイナー、早紀・アルホフのコラボレーションで実現した、トラベルケースプレゼント、である。

カニンガムホテルのマークが入っているけれど、それはケースの下の方で、控えめだ。ケースの中には花にも似た美しい幾何学模様が入っていて、すごくオシャレ。しかも、トラベルケースにはTSAロックもついており、ベルトの部分などは本革でできている。

クラブフロアに泊まるのは年に四回と決めている。だけどたまに、どうしても泊まりたくなった時は一泊でも宿泊することがあった。しかし、残念なことにこのキャンペーンは八月限定であり、すでに陽子は六月にクラブフロアに宿泊予約を入れていた。

二カ月先とはいえ、八月に泊まると財布事情が厳しい。

「欲しいなぁ……でも無理だなぁ」

カニンガムホテル東京で働いていれば、こんな情報はすぐ耳に入ってくる。陽子が就職して今まで、二度ほどキャンペーンがあった。

最初に逃したのは、トランク型のショルダーバッグ。次に逃したのは、有名デザイナーの、ステンドグラス製ジュエリーケース。片手に収まる程度の大きさで、まるで教会のバラ窓のような繊細な細工がされているものだった。

本来、年に四、五回のペースでこのようなキャンペーンがあるらしいが、二年前社長が代わってからはコラボキャンペーンの内容が変わったらしい。

それまでは、映画のチケットや有名なお菓子、そしてホテルのディナーチケットなどだったとのこと。しかし、現在の社長がそれらはあとに残らないものだから、と難色を示し一流品をお持ち帰りしてもらう、と決めたらしい。

二年ほど前から、カニンガムホテル東京の社長に就任した天宮清泉《あまみやいずみ》はイケメンで有名だ。もちろん憧れているホテルスタッフも多い。陽子もまた素敵でカッコイイ社長を見るとときめく。

しかし彼は雲の上の人だ。そんな彼の改革によってカニンガムホテル東京は素晴らしいホテルになり、そのホテルを陽子は大好きになった。

「一般人の私には手が届かないキャンペーンプレゼント……」

陽子はまだ新米の域を超えない社員。いち早く情報を知っても、同じ日、決められた月に泊まると決めているし、お財布の事情は困難を極める。一流品をプレゼントされるので、当然部屋の料金も高くなってしまうのだ。

「これって、贅沢品なんだよね。さりげなくホテルのマーク入ってるけど、全然わからない。セレブが持つようなブランド品だから、それだけお金がかかる。しかもスイートなんて、私が泊まれるわけない……」

スマホの画面を、見るだけでただ、ため息。

「一介のハウスキーパーが泊まれる値段じゃないけど。……でも、欲しい」

そんなに大きくない、二、三泊用くらいのサイズのトラベルケースだが、写真で見る限り高級感が半端ない。

「良いものでないと意味がないでしょう、ってあのイケメン社長のうたい文句だし。それに、コラボキャンペーンってメチャクチャ人気あるから、結構セレブの人たちが泊まりに来るんだよね……最近は食事もすごく質が上がったし、お金を払った分のラグジュアリー感があるし……」

はぁ、とため息をつきながら、スマホをテーブルの上に置いた。

貯金も少しずつしながら、クラブフロアに泊まるためには、努力と忍耐が必要だった。コラボキャンペーンプレゼントを、いつかは自分も手に入れたいと願っているのだが。

「毎日こんなに頑張ってるのに、もっとお金貯めないと、カニンガムホテル東京の愛を得られない……」

わけのわからないことを自分でも言っていると思うけれど、それだけ今働いているホテルが好きなのだ。最近は、ハウスキーパーとしての腕も上がってきていて、宿泊したお客様から褒められたこともある。今日の清掃は一段と綺麗だった、とわざわざ名指しで言われたと、立田マネージャーから聞いた。

「一方的でも大好きだから」

いいんだ、と自分を納得させる。

クラブフロアに二泊もすれば、早割などがあっても十万円は下らない。そのために陽子は生活を切り詰め、安いアパートに住み、カニンガムホテル東京へ泊まるための服を買う。

「私が宿泊しても、誰も気づかないのが快感だし……違う自分になれる」

坂下陽子はカニンガムホテルに就職する少し前まで、小泉陽子だった。父は高校生の時に交通事故で他界し、母一人子一人だったから手を取り合って頑張ってきた。

しかし、ちょうど転職の頃に母がとてもいい人と再婚した。優しくて、それなりに収入もあり、何より母を愛しているのがわかった。

できれば小泉姓でいたい気持ちもあったが、母のことを考え、再婚相手の『坂下』を名乗ることに決めたのだ。同時に家を出て、一人暮らしを始めた。

「でも、ホテルに泊まる時は小泉陽子」

誰も気づかない、誰もわからない。坂下陽子じゃないし、社員割引で泊まっているわけでもない。いつもの自分とは違う、素敵な格好で行くから、どんな風に見られているんだろう、と思う時もある。

「こういうパワーを恋愛に使えばいいんだろうけど」

二十五歳の今まで、彼氏はいたことがない。付き合うということがわからないし、はたしてそれが楽しいのかもわからない。なんだか恋愛は疲れてしまいそうに思える。

カニンガムホテル東京があると、陽子はどこかもっと違う風に生きられそうな気がする。ホテルに泊まって癒される。最高級の部屋を見て景色を見る。仕事中もそれは同じで、どこかのお姫様になった自分を想像する。それだけで、ここで働いていてよかったと心から思うのだ。

また、外資系の会社だから、年齢に関係なく出世することもある。

勤務態度で評価されるのは、すごいことだと思った。前のホテルでは、ずっとウエイトレスだった。給料は変わらず、いつもお皿を片づけていたし、ビュッフェの料理を出したりしていた。

しかし、カニンガムホテルに就職した時、教育は厳しかった。何よりやったことのない仕事に目をまわしたけれど、それだけ素晴らしいのだと、さすが世界一だとわかった。

「まだ、恋愛は、無理だよね……違う自分になって楽しんでいるうちは……」

そうして目を閉じて、仕事と恋愛とカニンガムホテル愛に惑う自分を見つめる。

「一週間後は、クラブフロアだぞ！」

最高の贅沢をするために、ただまったりとして、日々の思いや喧騒《けんそう》を癒すために。

陽子は仕事を頑張ろうと思うのだった。

☆　☆　☆

「坂下さんは僕と、天宮社長が住んでいるプレジデンシャルスイートを清掃するからついてきて」

「えっ⁉」

「え、じゃないよ。社長の部屋を掃除するから。前の社長は自宅を持っていたから住んでなかったけど、今の天宮社長は独身で、ここに住んでいるからハウスキーピングの必要性があるの、知ってるよね？」

「それは知ってますけど……私と立田マネージャーとでですか？」

「そう。今日はなんでか坂下さんをご指名で……というか、ベテランにしか清掃させてないし、その人たちもプレジデンシャルスイート、しかも社長の居住空間とわかっている場所を掃除するのは緊張するらしいんだけどね。……実は僕も二度しか清掃したことなくて」

はは、と笑いながら横を向く。

「ベテランって、雁田《かりた》さん、とか？」

雁田は壮年の女性だ。もうすぐ定年というが、彼女は入社時から希望してハウスキーパーとして働いているベテラン。海外から日本まで、勤続二十五年の、カニンガムホテルの裏事情も知る人。本人はいたって優しく、陽子によく仕事を教えてくれた。しかし、十年前まではすごく怖かったらしい。

「その雁田さんにだいたい任せてたけど、彼女腰を悪くしてね……それで、客の評判が良かった君に頼みたいそうなんだよね、社長が。……ま、僕は掃除機をかけるから、君はそのほかを頑張ってね」

上司からの、突然の仕事の割り振りに陽子は焦った。

「……社長って、気難しいところあるって……」

「まぁ、仕事に関しては完璧主義らしいし……このカニンガムホテル東京の社長になってから、大幅な経営改革してランキング世界一のホテルに仕上げた人だからね。でも、すごく良い人だよ？　知ってると思うけど、超イケメンで男の僕もコンプレックス持っちゃうくらい」

そう言う立田こそ、優しげで整った顔立ちをしていると思うのだが。

「立田さんもイケメンですよ」

「僕は天宮社長に比べればフツメンだよ。気難しいと言われることもあるかもしれないけど。あんなに綺麗だと、女の方が引け目感じそうだよね。今年で三十八歳だけど、いつ見ても二十代中盤くらいにしか見えないし。でも、本当に良い人だよ。気難しいのは、仕事に対して、仕事ぶりに対して、それから……まぁ、恋愛に対しても、気難しいかもねぇ」

ははは、と笑いながらまるで友人のように話すのを見て、陽子は軽く眉間に皺を寄せた。

「まるで友達みたいですね」

「まぁ、社長はこのカニンガムホテルのスタッフとしては、四世代目だからね。つまり、曾祖父の父の代から、ずっとカニンガムホテルのスタッフとして、勤務してるってこと。僕は二世代目だけど。そういう風に家族ぐるみでカニンガムホテルに勤務していると、創立パーティーなんかに呼ばれるわけ。そこでちょっと仲良くなって、今も友達関係は続いているよ」

「えっ⁉ そうなんですか？」

立田は、ハウスキーパーの仕事もできるが、采配も上手い人だ。要するに仕事ができる人だから、こんなに若いのにマネージャーになっているんだろう、と尊敬している。しかも優しく、仕事の相談にも乗ってくれるのだ。

「社長と友達って……」

一年三カ月働いているが、まさか立田が社長の友達とは知らなかった。

「だいたい、君はラッキー枠で入社したんだ。例年、新卒かホテル勤務経験豊富な人しか採らないのに、坂下さんは熱意で入社したって聞いてるよ。僕が社長と友達なのはさておき、君はたぶん、天宮社長に試されている」

「そんな……まさか」

「熱意通り、坂下さんはハウスキーパーとして成長を遂げたと思うよ。君の清掃した部屋は、ものすごく綺麗で、ベッドメイキングは素晴らしいと思う。社長はそういうのを良く見ているし、きちんと評価してくれる人。腕の見せどころだよ」

にこりと笑った立田に、何とかうなずいて、わかりました、と言った。

「まぁ、やっと二年目に突入した坂下さんに社長が住んでいる部屋を清掃、って……胃が痛くなりそうだ」

笑顔を浮かべたかと思ったら、途端に気弱な顔をして胃のあたりを撫でた。

すごく仕事ができる人だけど、実はいつもこれでよかっただろうか、と心配をする繊細な人なのだ。陽子がハウスキーパーに配属された時、彼は胃を撫でながら自ら教育する、と言ったのが印象的。

「私がして、いいんでしょうか?」

立田を見上げると、はは、と力なく笑った彼は陽子を見る。

「社長が指名したから、いいに決まってる。とにかく頑張ろうね」

とても良い笑顔を浮かべながら、立田の手は胃から離れることはなかった。

☆　☆　☆

陽子はプレジデンシャルスイートに着くなり、目をぱちくりさせてしまった。

まず、社長の部屋だというそこはエレベーター直通で、一部屋しかなかった。つまり、宿泊客にも、ホテルスタッフにも会わずに行ける特別な場所。完全にプライベートな部屋だった。

このホテルに四部屋しかないうちの一つ。そのどの部屋もエレベーター直通で、目の前が一つのドアだと知っていたけれど、実際に目にするのは初めてだった。

中に入ると素晴らしい部屋で、陽子の住んでいる安いアパートとは違い、広くて清潔感があふれている。居住空間と寝室は分けられており、しかもリビングルームみたいな場所もある。食事をする部屋も別らしく、足を進めるたびに広い空間が広がっていた。家具はすべて、高級品とわかるものばかりが置いてあり、ソファーなんて座ったら身体が沈みそうだ。

社長が確かにそこで生活をしているとわかるくらいには乱れているが、その乱れが気にならないほど部屋の雰囲気も何もかもが輝いて見えた。

「すごい……」

「だよね。こんなところに住めるなんて、夢みたいだよね。景色も素晴らしいしさ」

立田が言ったのでようやく部屋ではなく、窓の外を見た。

「わ……」

現在は太陽が出ている時間だ。しかも、今日は大気に曇りがなくて都会のビルが足元にある。あまりにも鮮明で、すべてを一望できる窓も心が高鳴るほど感動した。

「夜景も綺麗なんでしょうね」

「もちろん。一回だけ、ここで社長とお酒飲んだけど、落ち着かなかったなぁ。僕と社長が友達なのを知らない人も多いから、ときどきフレンドリーに話すとびっくりされるけど」

外に見入っていた陽子は、立田の言うことにただ、はい、と返事をした。この部屋のあまりにも輝くようなまばゆい素晴らしさに、立田の言葉が遠くに聞こえた。

「坂下さん、部屋に感動するのはいいけど、清掃しないとね。社長は今からちょうど一時間後に戻ってくるよ？　それまでに、この広い部屋をくまなく、埃なく、美しくしないといけない」

「はい、わかりました」

立田から言われて、さっそく陽子はこま鼠《ねずみ》のように動き始めた。立田は掃除機しかかけない、と言っていたので、そのほかすべてを陽子が担当することになる。

部屋の内装やバスルームの広さに感動しながらも、その気持ちを封印し仕事に徹した。スマホを持っていたら良かったのに、と思う気持ちも首を振って払った。何よりもこの部屋の広さと、家具も多いことから清掃する場所が多く、掃除をするために動いていると何も考えられなくなる。

一つ一つ丁寧にこなし、浴室を清掃しシャンプーやボディーソープの中身も点検した。広いテーブルも拭き上げ、椅子の手すりもしっかりと拭き掃除をする。最後にベッドメイクをし、いつものように百円玉を落としてみる。ピコンと跳ね返ったそれに満足して、陽子は一緒に清掃をしていた立田を見る。

掃除機をかけ終わった彼は、のんびりと外を眺めていたが、一つ一つをチェックし、うなずいた。

「うん、いい感じ。たぶん、大丈夫だよ……」

微笑んではいたが、目は笑っていなかった。相変わらず胃に手を当てている。

「社長が来るらしいから挨拶《あいさつ》しないとね」

「そうですね、はい」

社長から部屋を点検されるのだろう。陽子は大きく息を吐いて、緊張を解く。そんな時に限って、立田がインカムで呼ばれたらしく、対応をしている。

その様子から、ちょっとしたトラブルらしく、立田の眉が完全に下がっていた。

「じゃあ、今から行きます」

その言葉を聞いた時、ええっ！　と思ったが立田の具合が悪そうだったので、そんなことは言えなかった。

「ごめんね坂下さん。なんか、客室のシャンプー類の補充がされていないらしくて。担当エリア的に、新人の水木《みずき》君のところみたいだから。ちょっと行ってくるよ」

「でも……社長が……」

「うん、だけど、大丈夫、良い人だからね。注意されても怒ることはないから」

そう言って急いで去って行くのを見て、陽子は泣きたい気持ちになった。

実際、社長の顔は知っているが、遠目でしか見たことがない。カニンガムホテル東京の広報誌に写真を掲載されていることもあるが、じっと見れないほど素敵な男の人だった。

「どうしよ……社長と話したことなんてないのに……」

ヤバい、とウロウロしていると、ドアを開ける音が聞こえた。

陽子はリビングルームからそっと出て、大きく深呼吸をする。

言葉遣いに気をつけなければ、と思った。

2

陽子はハウスキーパーの制服を軽く直した。エプロンの曲がりがないかどうか、そして自分が身に着けているリボンタイが乱れていないかを軽くチェックした。

足音が近づいてきて、ハッと顔を上げると、社長だと思っていた人と違う人物が入ってきた。

「ご苦労様です、あなたが坂下さん？」

「はい」

「私は社長秘書の添島《そえじま》です。部屋をチェックしても？」

「はい、もう、清掃はすべて終わりましたので」

陽子が返事をすると、添島と名乗った彼は、ポケットから小さなライトを取り出した。そして入念にチェックを始める。ライトを当てて、きちんと掃除がなされているか確認しているのだろう。

そんな彼も整った顔立ちをしていた。きちんとセットされた黒い髪の毛に、黒のスーツ、緑色のネクタイ。足元の靴はピカピカに磨き上げられていた。彼は足音を立てずに移動するところから、ホテルマンなんだな、と陽子は感心した。

『一流のホテルマンはほとんど足音を立てないんだ』

立田からそう言われた時、陽子もその点は気をつけようと思った。上司の立田もまた、足音がほとんどしない人だったからだ。

彼はくまなくチェックし、最後にベッドルームへ行くと陽子のもとへ戻ってきた。

「坂下さん、素晴らしいです。立田さんは掃除機をかけただけと聞きました。それ以外のすべてをあなたが清掃したということですが、社長もこのクリーンな部屋に満足するでしょう」

秘書の彼にそう言われてホッと胸を撫で下ろした。添島はにこりと笑い、ライトをポケットにしまうと、時計を見た。

「社長はあなたのことを珍しく、非常に褒めていましたよ。以前、あなたが清掃をした部屋を自らチェックしに行かれてました。お客様への対応も素晴らしい、と」

「そう、なんですか？　全く気づきませんでした」

社長はときどき、部署の視察をしているらしいと聞いたことがあるが、まさか自分がされているとは思わなかった。

「はい。社長は、あなたの接客態度と部屋のクリーンさに満足されていました。しかし、まだ一年と三カ月しか勤務されていないので、どうするか迷っていたみたいですが……」

いったい何を、と思いながら陽子が首を傾げると、添島はまた笑みを浮かべて、陽子にポケットから取り出したものを差し出した。

「カニンガムホテルグループは実力主義ですので、実力があるあなたをハウスキーパーのエキスパートとして認定します。ブルースターを進呈しますから、毎日そのエプロンに着けていてくださいね」

まるで勲章のようなリボンの下に下がっている、ブルーの星。

「私がブルースター……ですか？」

「そうです。社長は坂下さんをブルースターにするのを悩んでいました。それだけ認められた存在となるからです。ですから、プレジデンシャルスイートであり、自身の居室空間を清掃させて、その腕を再確認するとおっしゃっていました。自分でチェックしたかったみたいですが、手が離せませんでしたので代わりに私がチェックを」

ブルースターを身に着けているスタッフは、ハウスキーパーのエキスパートという印だ。ほかの部署は違う色のスターで、長年勤めるスタッフの中には、いくつかのスターを身に着けている人もいる。つまり、スターの数が多いほど、カニンガムホテルに精通しているスタッフということ。それは公式サイトにも記載されており、信頼に値するものだ。

「そのスターを持つ意味を知っているお客様は必ずあなたを頼るでしょう。それだけ、認められたということです。あなたは勤務態度が真面目で、欠勤したこともないと聞きました。何よりも、立田マネージャーが言うにはベッドメイキングで右に出る者はいない、と」

添島は陽子の手を取り、ブルースターを乗せた。

「これからも、カニンガムホテル東京をよろしくお願いします。おめでとう」

赤いリボンの下に下がっているブルースターは、確か樹脂でできていると聞いたことがある。身に着けている人はハウスキーパーでも三名しかいない。マネージャーの立田と雁田、それから杉田《すぎた》という男性スタッフだけだった。四人目は陽子ということになる。

「ありがとうございます」

「いいえ。本来なら、社長の手から渡されるものですが、先ほども言ったように仕事中ですので」

そう言いながら手を差し伸べて、出口を示された。とりあえず今の陽子の役目は終わったということだ。

「それでは通常業務に戻ってください」

「はい、ありがとうございます」

陽子は部屋の出口へと歩を進めたが、もう一度振り返って窓を見る。

「あの、もう一度だけ、ここからの景色を見てもいいでしょうか？」

失礼なお願いだったかもしれない、と思ったが添島は快く承諾してくれた。

「もちろんです。どうぞ」

窓の近くまで行き、足元に広がる都会を見る。そして、視線を移しプレジデンシャルスイートを見つめた。一流の調度品が置かれたこの部屋の住人は、どうやって暮らしているのだろうと思う。

「すごい部屋です。こんなところに住むなんて夢みたいですね」

思わず言った言葉に、添島は少し声を出して笑った。陽子が目を瞬きすると失礼、と言って一つ咳払いをする。

「社長に伝えておきます。しかしここは、今日あなたが清掃をしたから、素晴らしいのかもしれませんね」

その言葉がなんだか嬉しく感じた。手にしているブルースターを一度見て、それから添島を見上げた。

「そう、でしょうか？」

「ええ、きっと」

初めてこのカニンガムホテル東京に泊まった時、ものすごく感動した。そして何度泊まってもそれは変わらない。ゆっくり眠れて、映画を見たりして好きな時間を過ごせる。ここには喧騒を離れた自由さも感じられ、またすべてにおいて一級のものばかりなので、自分がお姫様になれる場所。

それを作り上げているのは陽子たちホテルスタッフだと思うと、身が引き締まる思いもする。

きっと今日、社長は仕事が終わったあと、ここに帰ってくる。そしてゆったりとバスタブにつかるに違いない。

ただ、この広い空間を見て、ひとりで暮らして寂しくはないのかと思う。

素晴らしいものばかりに囲まれた、実力者の社長は、いつも何を思って眠りについているんだろう、と。

今日は、陽子にとって忘れられない日となった。

認められ、着けることを許されたブルースターを見ると面映ゆく、そして自信を持って仕事をしていいんだよ、と言われた気がした。

☆　☆　☆

ブルースターをもらった日、ハウスキーパーのスタッフから口々におめでとう、と言われた。そして責任重大だね、とも言われ、陽子はそれを自覚した。

着けているブルースターが自分のモチベーションを上げたのも事実だった。それに、もうすぐクラブフロアに泊まる日だと思うと、より一層仕事に励んだ。

そうして、クラブフロアに泊まるその日。

いつもの自分ではなく、ホテルスタッフでもない。カニンガムホテル東京のファンである小泉陽子となり客として行くのだ。

陽子は朝食を早くに食べた。それから入浴をして入念に自分を磨いた。綺麗になるために眉を整え、顔が明るくなるように角質を取るローションを塗り、洗顔する。しっかりと化粧水を肌に入れ込んだあとは、乳液を塗り、自分の肌がモチモチになっているのを確認した。

「いつもこれくらいやればいいんだけど……」

目は切れ長で二重、と言えば聞こえがいいけれど、そこまで大きくはない。だからいつも、もっと目が大きければな、と思う。そして鼻はちょっと丸くて、唇がややぽってりしている。グロスを塗ると、濡れすぎ感があり、少しマットな感じに仕上げるしかない。

髪の毛は緩く巻いて、目を大きくするために付け睫《まつげ》毛と、アイライナー。そしてスモーク系のアイシャドウを濃すぎない程度に入れる。いつもは入れないチークを、少し濃いめに入れて、淡く明るいピンクの口紅を塗れば出来上がりだ。

仕事中の陽子は肩まである髪の毛をきっちりまとめている。お化粧は、日焼け止め乳液とコンシーラー、ベビーパウダーで仕上げるのみ。最近は、ハイライトを入れるようになったが、それも忙しい朝は面倒で入れない時もある。

「もうちょっと早く起きればいいんだろうけど。そうしたら少しはこの普通の顔も美人になれるのでは……」

ブスではないから、化粧をしたらとても綺麗になれる、というのは母親の言葉だけど。

顔ができたところで、服を着替える。今日はベージュのノースリーブ、アンクル丈ワイドパンツのセットアップ。耳には少し大ぶりのサークルピアス。

「あいたー……久しぶりにピアスすると、痛い……ブチっていった」

バッグは革製のもの、パンプスは同じベージュ色を選んで玄関に置いている。

旅行バッグとして使っているのはいつもの、某ブランドの少し大きめのバッグ。コスメ類と下着、それから着替えを一着入れたら結構パンパンになる。

「そろそろ行こうかな」

よいしょ、と荷物を持って立ち上がる。

駅まで自転車で、あとは電車で移動。本当は少しパンプスが痛いけど、これは我慢。その我慢の先には、カニンガムホテル東京のクラブフロアが待っているから。

☆　☆　☆

ホテルに着いた時間は、まだ午後の二時二十分だった。いつもより少し早く到着しすぎたことを思いながら、陽子はチェックインカウンターから少し離れた一人掛けのソファーに座ることにした。着替えが入った荷物と、ハンドバッグを膝に乗せるとギリギリ抱えきれるくらいだ。

宿泊に必要な荷物を入れるバッグは自分でちょっと奮発して購入したが、ハンドバッグと靴は到底手の届かない値段のものだ。母の再婚相手からカニンガムホテルに就職した際に、お祝いとしてもらったものだった。

決して履きやすいとは言えないパンプスだけど、ブランド特有のリボンがついたそれは、高級な靴とわかる。そしてハンドバッグは真っ黒で筒状のもの。これもまたひと目でわかる高級ブランドのもので、最初見た時は自分には合わないと思ったくらいだ。

母の再婚相手は、つまり陽子にとっては継父になるのだが、会社の役員をしており、しっかりとした収入を得ている人だ。また優しい人で、ときどき陽子を気にかけ、食事にも誘ってくれる。おまけにプレゼントを用意したりするものだから、毎回は困ると言って断っている。

「この靴とバッグ、ここでは重宝する……それになんか、背中がピシッとするというか」

自分の足元とハンドバッグを見ながら思わず微笑む。本来の陽子なら持てない代物なのだが、良いものを持っていると、自分もそれに似合う人間になろうと思うようになった。だから、就職祝いをくれた継父には感謝をしている。

そうして時計を見ると、二時半だった。チェックインは三時からなのでまだ時間がある。しょうがないので、ハンドバッグからスマホを取り出した陽子は、とりあえず画面を開いた。

「チェックインをお待ちですか？」

頭上から降ってきた低く、深みのある優しい声。男の人の声だ、と思うと同時に靴が見えた。その靴はプレーントゥのストレートチップでピカピカに磨き上げられており、一目で高級な靴とわかるものだった。

顔を上げると、思わず少しだけ目を見開いてしまった。すぐに平静を装うために、瞬きをして息を吐く。

「はい、でも、まだ、二時半、です、から」

しどろもどろに言いながら、視線を横に流してしまう。声を聞いたことがなかったので、全くわからなかったが、内心どうしよう、である。

陽子に声をかけたのは、カニンガムホテル東京の社長、天宮清泉だったからだ。

どうりで良い靴を履いているわけだ、と思いながらもう一度彼を見上げる。

雑誌などで見たこともあるし、遠目で見たこともある。しかし、近くで見たのは初めてで、思わず息をのんでしまった。

高級そうな光沢のあるネイビーのスーツ、明るいブルーの、細かい柄が入ったネクタイが良く似合っている。しかも、スーツと同色のベストを中に着ているそれもまた、上質な男という雰囲気を醸し出している。

やや長い横髪と前髪は緩くセットされていた。意志の強そうな大きな目と、はっきりとした二重目蓋の周りには、深く長い睫毛。筋の通った鼻に、常に笑みを浮かべたような唇。

腕時計を見る姿も様になっていて、その時計自体も高級腕時計、という感じがする。

確か社長は三十八歳。立田も言っていたが、間近で見ると陽子と同じくらいにしか見えない。

「大丈夫です。よろしければ、チェックインのお手伝いを」

陽子が少し身体を引いて瞬きするのを見逃さず、彼はにこりと笑みを向ける。

「ご心配なく。私は、このホテルのスタッフです。お手荷物、お預かりします」

別に、ホテルのスタッフかどうか怪しんだわけではない。ただ、チェックインの手伝いをするとは思わなかったから。それに、陽子は彼が社長だということを知っている。

「あ、いえ、結構、です。きちんと、皆さんと一緒の時間に、チェックインしますので」

社長自らこんなことをするなんて、聞いたことがない。この人はすごく仕事ができることは知っているけれど、ここまでするのだろうか、と内心焦った。しかも自分は、本当はホテルスタッフ。社長にこんなことをさせていいのだろうか、と思う。

それにもし、スタッフであることがバレたらどうしよう、と目を合わせられない。

陽子が言葉に詰まりながら言うと、さらに笑みを浮かべたカニンガムホテル東京の社長は、首を振った。

「いいえ、小泉様。クラブフロアはもうご用意できております。よろしければ、チェックインをされて、ごゆっくりお過ごしください」

陽子が目を丸くすると、彼は手を差し出す。

「お手荷物、お預かりします」

自然な感じで陽子から荷物を手に取り、もう片方の手は陽子を立ち上がらせるために差し出した。自然な流れでその手を取ることになり、ハッとして手を離す。

正面にいる社長は背が高い。こんなに高いんだ、と陽子は見上げた。陽子の身長が百五十七センチで、七センチのヒールのパンプスを履いていても、彼の顎のラインあたりだ。

整った顔立ちでにこりと笑うのを見て、慌てて視線を外した。

「あ、ありがとう、ございます」

「大丈夫ですよ。それでは行きましょうか」

そう言って彼はエレベーターに向かって歩く。クラブフロアのチェックインカウンターは、クラブフロアラウンジにあるからだ。そこまで荷物を持たせていいものかと思い、うかがい見たが、彼は柔らかく笑って首を傾げた。

「どうかなさいましたか？」

「……いいえ」

女性の扱いもスマートで、その気にさせるのが上手い気がした。外国暮らしも長いと聞いているし、それだけ普通の日本人より長けているかもしれない。

それよりも、なんで陽子の名前を知っているんだ、と考えながらピシッと姿勢の良い背中を見る。おまけに足音が小さい。陽子のパンプスの音がやけに響くので、ちょっと恥ずかしくなってくる。こういう歩き方って、大丈夫なのか、普通なのかよくわからないから。

仕事中の陽子は三センチヒールで、ストラップ付の黒いラウンドトゥの靴を履いている。早く歩けるし、走れるから。おまけに普通のものより柔らかい素材でコツコツ音がしなくて、気に入っているけれど。

社長、天宮清泉の靴はどう見ても硬そうに見えるのに、いったいどうやって歩いているのだろう、と思う。

クラブラウンジのある階につき、陽子は彼の後ろ姿を見て歩く。男らしい肩幅を見ると、なんだかドキドキしてしまい、カッコイイなぁ、と見とれてしまっていた。

彼のピタッと止まった足を見て、止まる用意ができていなかった陽子は、少しつんのめってしまう。

「大丈夫ですか?」

見ていたらしく、心配そうな目を向けられ、陽子は慌てて笑みを浮かべた。

「大丈夫です」

いつの間にかクラブフロアまで行き着いていて、ラウンジスタッフが陽子と社長の清泉を交互に見た。

「お客様がチェックインされます。小泉陽子様です」

だからなんで、この人は陽子の名前を知っているのだろう。小泉陽子、と言うあたり陽子がここのスタッフだとは気づいていない様子だけれど。

「あの、なぜ、私の名前を?」

陽子の問いに、柔らかい笑みを浮かべて口を開く。

「定期的に宿泊されるお客様は、大体覚えております。特に、小泉様はクラブフロアに何回もお泊まりいただいておりますから。今回で八回目になりますね。当ホテルを利用していただき、ありがとうございます」

社長が頭を下げた、と思いながら再度目を丸くした。泊まった回数どころか、名前、そして顔も覚えているなんて、とびっくりした。

「私の顔も、覚えて……？」

「女性一人で、クラブフロアにお泊まりのお客様は大変珍しいので。失礼があったらお詫びいたします」

また頭を下げられて、陽子は首を振った。陽子のことをホテルスタッフと気づいていなくて、ほっとする。

「い、いいえ、大丈夫です。覚えてくださって、光栄、です。ありがとう、ございます」

陽子も頭を下げて礼を言った。話すのに緊張してしまう。それに、頭を下げられるなんて……。陽子は小さく息を吐き出す。

「荷物も、ありがとう、ございました」

「とんでもございません。こちらにご記入お願いできますか？」

ソファーに座ってウエルカムドリンクを頂きつつ、女性スタッフが出してくれた宿泊名簿に記入する。住所は母と継父が住んでいる場所をいつも記入している。本籍はそこだから、大丈夫なのだ。

「…………」

社長がジッと陽子の手元を見ているのに気づいた。彼は何度か瞬きをして、一度眉を寄せた。

「あの、なにか……？」

「いいえ。あとはラウンジスタッフが対応いたしますので。ゆっくりお過ごしください」

恭しく頭を下げて、微笑みを浮かべたまま陽子に背を向けて歩き出す。

陽子はホッと胸を撫で下ろした。そうしてスタッフを見ると、彼女もそうだったらしく陽子は頬を緩めた。

「ホテルスタッフなのに、名札がなかったので驚きました」

陽子が知らないふりをしてそう言うと、彼女は肩をすくめてようやく笑みを浮かべる。

「ええ。先ほどのスタッフは、当ホテル、カニンガムホテル東京の社長、天宮清泉と申します。ごくたまに、お客様に対応されることがありまして、私どもも緊張いたします」

それはそうだよね、と陽子はちょっと同情した。

この間、彼の居室スペースを清掃した自分もそうだったからだ。

「おかげで早くチェックインできました。ありがとうございます」

「いいえ小泉様、いつも当ホテルをご利用いただきありがとうございます。今回はクラブフロアに空きがありましたので、スイートルームをご用意させていただきました」

「え？　あの、でも……」

「空きがある時は、ワンランク上のお部屋をご用意するようになっておりますので、ごゆっくりおくつろぎいただけると思います」

そう言ってテキパキと部屋の準備をするためなのかコンピューターを操作する彼女に、陽子は何も言えなかった。

こんなことは初めてで、すごくラッキーだと思う。実際一度清掃したことのあるクラブフロアのスイートルームは、もちろん陽子の住んでいる部屋よりも広く、すごい部屋だった覚えがある。

「ベルスタッフがお荷物をお持ちいたしますので、どうぞお部屋でごゆっくりお過ごしください」

気がつくとベルスタッフが陽子の近くに来ており、荷物を持ってくれた。

「ありがとうございます」

ベルスタッフに礼を言い、エレベーターに乗る。スタッフがカードをかざし、クラブフロアのある階数のボタンを押した。

ただこれだけでもお姫様扱いだな、と思うのに、今日はびっくりなことに天宮清泉が陽子に声をかけ、スタッフとして対応してくれた。

あれだけのイケメン、王子様ルックスの彼が荷物を持ってくれたのにも緊張したが、優越感があった。

目的の階に着いたあと、陽子がカードキーをかざすとドアが開く。ベルスタッフの彼が、荷物を置いて陽子に微笑んだ。

「小泉様、当ホテルをご利用いただきありがとうございます。お部屋のご説明はよろしいですか?」

陽子は今日何度目を見開いたんだろう。慌てて部屋の中を確認する。

「わ……！」

いつもより広い部屋、ソファー、テーブル。そしてベッドなんかキングサイズだ。ちょっとした食事をとれるリビング空間もあり、陽子は胸が高鳴った。

「説明は、大丈夫です、ありがとうございます」

「ではごゆっくりお過ごしください」

小さな音がしてドアが閉まったのを確認し、自分一人になると陽子は窮屈なパンプスを脱いで、ベッドに寝転がった。

「キャ――――！」

大きな声を出して、満面の笑みを浮かべてベッドに突っ伏す。

「こんなの初めて！　今日はナニ⁉　私明日死ぬわけ⁉　特別すぎてすごい‼」

そうして仰向けになり、天井を見上げたあと、周りを見渡す。

初めて泊まった時も、自分だけが特別に思えた。一国のお姫様になった気分でもあった。でも今日はもっとお姫様で、プリンセスという感じだ。

「イケメン社長が対応してくれて、ラウンジスタッフがスイートルーム手配してくれて、しかもベルスタッフはずっと荷物を持ってくれて……しかも、キングサイズベッド……私どこに寝る？　大の字で寝てもあまっちゃうよ！」

はぁ、と感嘆のため息を吐くと、頭になんかゴロゴロしたものが当たって、眉を寄せて起き上がる。

手に取って見ると、白い箱に赤いリボンがかかった細長い箱。

「え……?」

起き上がってよく見ると近くにメッセージカードがあった。それを開くと、直筆だろう綺麗な字でメッセージが書いてあった。

『小泉陽子様
カニンガムホテル東京へようこそいらっしゃいました。今回で八回目のご宿泊、心より厚くお礼を申し上げます。この末広がりな八という字を記念し、思い出に残る一品をご用意させていただきました。これからもカニンガムホテル東京を、どうぞよろしくお願いいたします。

カニンガムホテル東京　社長　天宮清泉』

「えっ!?　ナニ、ナニッ!」

リボンがかかった箱を不器用ながら開けると、そこにはもう一つ、洒落た箱が入っていた。

それを開けると、中には保証書と大粒で透明のクリスタルみたいなペンダント。

保証書によると、スワロフスキー製らしい。涙型で縦の大きさは四センチほどありそうだ。スワロフスキーのカットはランダムなデザインで、それがまるで本物の宝石の原石のようで美しい。

「これを、私に……?　社長が?」

目を丸くして、何度も瞬きをした。

コラボキャンペーンはいつも手が出なくて、諦めていた。トラベルケースが欲しいと思っていたけれど、このペンダントもすごく素敵で、陽子だけに用意されたもの。そう思うと特別扱いのような感じがして、胸が高鳴った。

「信じられない……信じられない！　キャ――――！」

そのままベッドに倒れ込んで、目の前にスワロフスキーのペンダントをかざす。

あまりにも嬉しくて、涙が浮かんだ。

「やっぱり、最高で、最高のホテルだ……私ここに就職できてよかった。今日、泊まってよかった……！」

ペンダントを胸に抱き締めて、陽子は目を閉じた。

こんなに幸せでいいのかと思うほど、最高の気分だった。

絶対今日を忘れない、と陽子は初めてカニンガムホテル東京に泊まった日と同様に、胸に刻むのだった。

3

——いつも一人でクラブフロアに宿泊する女性。それが小泉陽子だった。

何となく気になり彼女が六回目の宿泊をした時に、カニンガムホテル東京の社長、天宮清泉はわざわざ彼女を確認しに行った。ただし、遠目に、だ。

「あれが、小泉陽子様かな?」

フロントマネージャーに目配せをしながら聞くと、彼女はうなずきながら答えた。

「はい。小泉陽子様です。いつもお一人でクラブフロアに宿泊され、このホテルから一歩も外に出ないで過ごされております。すごく感じのいい、なかなかお綺麗な方です。天宮社長、何か気になりますか?」

自分より少し年上のフロントマネージャーの川上優子《かわかみゆうこ》は、笑みを浮かべて清泉を見つめる。

気になるのは当たり前だった。たまに一泊することもあるが、たいてい決まった日に二泊、しかもきっちり三カ月おきなのだ。一泊する時は、クラブフロアではないこともあるが、二泊の時は必ずクラブフロアに泊まっていた。

カニンガムホテルは高級ホテルだから、一泊の値段は安くない。特に、清泉が社長に就任してからは、宿泊費をわずかに値上げした。その代わり、スタッフの教育や設備、そしてホテルの部屋のちょっとした改装に力を入れ、サービスを充実させている。

もちろん当初は値上げに眉を寄せた常連客や株主もいたのだが、ホテルの質が向上していることに納得し、一切クレームも何もない。

また、宿泊客が増え、経営黒字を出しているのも事実である。

そんなカニンガムホテル東京に、続けて二泊もすれば当たり前にお金がかかる。ましてやそれがクラブフロアなのだから、さらに値段は吊り上がる。そんな部屋で小泉陽子という女性は、たった一人で過ごしている。

社長として、気にならないわけがない。

宿泊する人々は、たいてい富裕層のファミリーやカップルだ。あとは結婚式のあとに、宿泊する夫婦やその家族も多い。また、ハイクラスなパーティーのあと、というのもある。

なのに、彼女は一人で、何をするわけでもなくただ泊まりに来るのだ。ホテルから一歩も出ずに、ただ朝食を食べ、アフタヌーンティーを楽しみ、夜にはシャンパンとともに出る多彩なスナックを食べて就寝。そして次の日も同じことをして過ごしたあと、翌朝にはチェックアウトだ。

「珍しいからね、女性一人で、しかもクラブフロア……パッと見だけど、普通の女性みたいでした。つまり、言い方は悪いけど、どこかの社長令嬢とか金持ちではなく、普通に働いている人に見えた」

「そう、ですか?」

「ええ、きっと。しかし、持ちものや服装は気を使っているみたいですね。良いものを持つように心がけているみたいだけど、きっと、普通の女性だと思う。仕草とか雰囲気が違うし、あとアクセサリーだけ安物」

批判や格付けをしているわけではなくて、ただ気になる人をウオッチングしたにすぎない。率直に言いすぎたかもしれないが、そんな普通の彼女がどうして、と思う気持ちが強い。

ただ、無理をしてカニンガムホテル東京に宿泊しているわけではなさそうだった。

「普通だったらもったいないと思いませんか? カップルが記念日に奮発したり、クリスマスに予約を入れて、というわけじゃないのに。二十代の女性だったら、ここに何回も泊まりに来るよりも、もっと素敵な旅行ができると思う。それに……アクセサリーだっていいものが買えるはず。服や、靴もね」

「まぁ、確かに。私はあのくらいの時、友達と遊びに行くことに夢中でした。服もたくさん買ったし、旅行の計画もたくさんしました。安いプランを探したものです」

そう言えばそうだな、という感じで同意する川上に、清泉はさらに続けた。

「そうでしょう? 私だって、カニンガムホテルグループに就職するまではそうだった。だから、このホテルに十数万かけて二泊するよりも、もっと違うことにお金をかけてもいいと思うんです」

　普通の若い女性だったら、なおさら思うのだ。清泉は大学をスキップし早くに卒業したあと、経済学を究めるためさらに博士課程に進んだ。進学に対して悩んだ時期もあったが、普通の学生のように旅行やアウトドアを大いに楽しんだ。

　そうして視線を移したら、くだんの小泉陽子がバッグから何かを落とした。数歩で気づき、落としものを拾うと清泉の方を見る。彼女は慌てたように踵《きびす》を返し、小走りでエレベーターに向かい、乗った。

　じっと見ていたので不審に思ったのかもしれないと反省した。常日頃視線には気をつけているが、と苦笑してしまう。

「でも、それは人それぞれかもしれませんよ、社長」

　確かに川上の言う通り、人それぞれ、考え方は違う。彼女の目的が何なのか探る権利は清泉にはない。

　癒されに来ているのか、単に食事を楽しみに来ているのか。雰囲気を楽しむだけ、という人もいるから、それもありだ。

　または、ここで誰かとセックスするためなのか。

　清泉は自分で考えたことに眉根を寄せた。例えばプライベートとはいえいかがわしい撮影などに、このホテルが使われるのは我慢がならない。最近はいろんな動画が出まわるから、ハウスキーパーには念入りにチェックするよう伝達している。先ほどの小泉陽子がそんなことをしそうにないのはわかるが、人は見かけによらない。

「まぁ、いいです。川上さん、小泉陽子様がチェックアウトしたら私に連絡を」

「……どうしてですか」

「気になることは、この目で見ないと気が済まない性分《しょうぶん》なので。連絡待ってます」

ただそれだけを言い置いて、清泉は踵を返した。

遠目で見た小泉陽子を思い出し、内心首をひねる。

二十代の女性、何回もクラブフロアにお金をかけて泊まりに来る。そして、良いものを身に着けているけれど、何となくそれらは、ここに来るための張りぼてにも見えた。

人を見る目はある方だと思うが、ちょっと毛色が違うわからない女性。

それが小泉陽子という宿泊客だった。

☆　☆　☆

クラブフロアに宿泊した小泉陽子がチェックアウトしたのを聞くと、清泉は部屋をチェックしに行った。正直、疑うのもどうかと思うくらい、普通の客と思いながらも、わざわざベッドにライトを当ててチェックし、そのほか浴室なども入念にチェックした。

しかし、変わったところは見受けられず、むしろ部屋が綺麗に使われていた。ベッドなど軽くメイキングされていて、清泉は眉根を寄せてしまう。

はぁ、とため息をつきながらベッドに座ると、サイドテーブルに置いてある手紙を見つける。シンプルなクリーム色の封筒は、シールの代わりに蠟《ろう》が使われている。クラシカルなそれに首を傾げながら、表を見るとやや丸い女性らしい字が書いてあった。

「カニンガムホテル東京の皆様へ……？」

封を開けると、中には便せんが一枚。

『今日も気持ちよく宿泊できました。本当に感謝でいっぱいです。今日は窓になんと、鳩が激突しました。びっくりしたのですが、普通に飛んでいったので命に別状はないのでしょう。もしかしたら鳩も、この綺麗でラグジュアリーなホテルの雰囲気を感じたかったのかもしれません。中に入れると思ったんでしょうね。鳥も飛んでくるような高い場所にある部屋の、この空間が私は大好きです。ただ雰囲気を楽しみに、ストレス解消に来るのですが、今日も癒されました。ただ食べただけですけどね（笑）。二泊だけ、違う自分になれた今日も、きっと忘れないでしょう。また、宿泊しに来ます。

カニンガムホテル東京のファン　小泉陽子より』

手紙を見て、ただ笑った。感想文みたいな文章に、なぜか心を打たれてしまったのだ。

「なんだ……疑って失礼だったな。少し丸い字体……女の子って感じだ」

小泉陽子は、純粋にこのホテルのファンで、普通の女性だった。字を見る限り心優しい性格がにじみ出ていた。いかがわしい、セックス、などと考えていた自分が恥ずかしい。


「同業者……？」

ニンガムホテル東京の皆様へ
今日も気持ちよく宿泊できました。
本当に感謝でいっぱいです。
今日は窓になんと、鳩が激突しました。
っくりしたのですが、普通に飛んでいったので
いのでしょう。
でラグジュアリーな
れません。

「ありがたいけど、しかし、君みたいに若い子がどうしてそんなにお金をかけてここに泊まるんだ？　しかも毎回、一度もホテルから出ないで……」

　何度も泊まりに来たら飽きるだろうし、同じ風景ばかりだろうと思う。確かに、カニンガムホテル東京は一流のホテルだ。世界一の称号ももらった。だが、若い子が無理をして泊まるホテルではないことをわかっている。

「世の中、お金を持っている人ばかりではないからね……」

　彼女はどこかのホテルスタッフなのかもしれない。リサーチされているかもしれないが、それはないと打ち消した。こんなに丁寧な感謝の手紙をわざわざ残していくからだ。

　その後、清泉はクラブフロアを期間限定で少し値下げをすることに決めた。そうしたらきっと予約が殺到するだろうが、部屋がすべて埋まれば利益に繋がる。だからそう、きっと彼女が宿泊するだろう時期に。

　特定の客に気を払っているわけではないが、案の定、小泉陽子は宿泊予約を入れた。それを見て、少しは役に立てたかな、と思った。

　彼女の七回目の宿泊は一泊だけのスタンダードダブルルームだった。もとより、二名以上の宿泊前提にしているから、一人だと価格も高い。さすがにそれはどうにもできずに、彼女は翌朝チェックアウトした。

　そして、もしかしたらと思いながら清掃前に彼女が泊まった部屋へ行くと、やはり手紙があった。相変わらず感謝の言葉がつづってあり、今回は母親と喧嘩《けんか》したからストレス発散に、とのことだった。

心のこもった女性らしい字で、急速に心惹かれた。そしていつのまにか自分が笑みを浮かべていることに気づく。

まるでプレゼントのような手紙に微笑み、以前の宿泊の時にも手紙があったのか確認すると、毎回手紙があったと言われた。

「その手紙はどうした？」

問い詰めると、困惑した顔を向けられる。

「え？　捨てましたよ……きちんと読んだあとに」

「なんでだ？」

ハウスキーパーの統括マネージャーで、友人である立田悦郎《えつろう》は、少し機嫌が悪くなった清泉に目を見開いた。

「なに？　そんなに怒ることですか？」

「怒ってないだろう。なんで僕に寄こさない」

「え、あ、はい……でも、たいしたこと書いてありませんよ？」

そんなことはわかっている、と思いながらため息をついて立田に言った。

このカニンガムホテル東京へ手紙を残していく彼女に、一人の客としてではなく、それ以上に気になる存在となっていることに、この時清泉はまだ気づいていなかった。

「これからは捨てずに僕にくれ」

「わかりました。こいずみようこさんの手紙は、天宮さんに届けます」

両手のひらを清泉に見せ、降参みたいな仕草をする。そこで、はぁ、とため息をつき清泉は目を眇《すが》めた。

「この人は、こいずみはるこ、だ」

「……陽子、って書いてはるこ、って読むんですか……ああ、そっか。坂下さんと同じだ」

「坂下？」

「そう、坂下陽子」

記憶をたどり、思い出した。

「ああ、あのサービスが行き届いてるという、清掃が上手なスタッフ？」

「そうそう。今度、天宮さんの部屋の清掃をさせるって決めたスタッフですよ。ブルースターをあげるかどうか、迷ってるんでしょう？」

そう言えばそうだった、と清泉は一度目を閉じてため息を吐いた。

「まだ入社二年にもなっていないのに、仕事ができるんだったらね。君の評価も高いし、この前仕事を見たら、完璧だった。何よりベッドメイクが上手い」

「でしょう？　彼女はスター取りますよ。きっとね」

得意げに笑う立田を見て、軽く肩を叩く。

「自分が教育したからって？」

「違いますよ。彼女、以前にカニンガムホテル東京に宿泊して感動したそうです。もとは違うホテルで働いていたそうですが、それがきっかけで就職した、と。年齢がほかの新人スタッフよりも少し上だったから僕が教育しただけです。すごく仕事熱心で、覚えも早くて、朗らかな子です。良い子を採用したと、心から思っています」

立田は父親もカニンガムホテルグループに勤務している。彼はフロントスタッフから始まり、現在はハウスキーパーだ。それぞれの部署でスタッフとして信頼の証であるスターを取っている。だから彼の胸には、二つのスターが着けられていた。

そんな彼が太鼓判《たいこばん》を押すような坂下陽子は、どんなスタッフだろうと思った。一度垣間見た時は、宿泊客と笑顔で話し、エレベーターのボタンを押しながら客の行きたい場所を丁寧に教えていた。

そんな風に宿泊客には誰もがきちんと対応して欲しいと思う。だが人それぞれで、たくさんのスタッフがいれば、そういうわけにはいかないこともわかっている。社内規定を少し正したが、それに反発し辞めたスタッフも少なくない。

「天宮さん、気に入ると思いますよ。すごく良い子ですから。なかなか可愛いし」

「何言ってんだか。坂下さんはスタッフだ。仕事には特に厳しい視線しか向けられない」

再度、立田の肩を叩くと、そのままその場をあとにする。

現在、小泉陽子からカニンガムホテル東京への手紙は二通。しかし、宿泊するたびに置いてあるのなら、本来これで七通目だろう。

「いったいどんなことが書いてあったんだ？　気になってるんだけど」

部屋に帰ったらゆっくりもう一度読もうと思った。ホテルのペンではなく、自前のペンで書いているのも好印象で、クラシカルにも蠟で封をしているのも気に入っている。

カニンガムホテル東京は、お客様満足度も常に一位を取るようになってきた。だからサービスにおいては、どこのホテルよりも最高だという自負がある。もちろんそのほかにも、多大な自信があるが、若い女性が何回も泊まりに来る。そして可愛らしく、素敵な手紙を置いて行く。

「この僕が、女をこんなに気にするなんて、驚きだ」

女性関係に不自由したことはないが、付き合うとなったら慎重になってしまう。気になる女性ができるのは久しぶりだ。

「しかも、相手はお客様、か」

常連の客とは基本的に付き合わない。絶対に誘惑されてもその場で寝ない。特に酒が入っている時なんかは、心が開放的になっているから、躱《かわ》すのが大変だ。

しかし、躱すどころか、彼女とは知り合ってもいないし、顔を遠目で見ただけだ。美人とは言えないが、それなりに綺麗だった。

「いい年して……気が緩んでる」

ため息をつきながら、今度彼女が宿泊した時に、何かをしてあげたい気持ちになっている自分に驚いている。

小泉陽子は来月クラブフロアに予約を入れているが、宿泊するのはそれで八回目となる。八は良い数字だ。末広がりで縁起が良い。

どうかしているな、と自分で自分に呆れながらも、ただ微笑む清泉だった。

☆ ☆ ☆

チェックインの時間近くになり、清泉は仕事をある程度終わらせて抜け出した。それは、お目当ての彼女が、今日クラブフロアに宿泊するからだ。

いつも午後三時ぴったりにチェックインするのを聞いていたので、ホテルのロビーへ向かうと、彼女は一人掛けのソファーに座っていた。少し大きめのブランドバッグとハンドバッグを膝に乗せ、時計を見ている。まだ三十分以上、チェックインまで時間があった。

彼女の宿泊する部屋は、もう決めている。キングサイズベッドを入れた、クラブフロアスイートだ。今日は空きが多いため、清泉がその部屋を手配した。

――彼女への、ささやかなプレゼントを添えて。

時間があまっているため、手持ち無沙汰なのだろう。スマホを取り出したのを見て、清泉は足を小泉陽子へと向けた。

そして、彼女に近づくたびにどこか緊張している自分に気づき、ただ客に声をかけるだけだと言い聞かせた。

「チェックインをお待ちですか？」

声も緊張しているな、と内心笑って、彼女に微笑んだ。

「はい、でも、まだ、二時半、です、から」

彼女に近づくまでの時間が長く感じたので、まだそんな時間か、と腕時計を見る。時計の針は午後二時半を指しているが、彼女が泊まる部屋は用意できている。清泉が自ら、その部屋に小泉陽子へのプレゼントを置いてきたからだ。

「大丈夫です。よろしければ、チェックインのお手伝いを」

彼女はさっきから何度も瞬きし、視線を泳がせる。それに、少し身体を引いて清泉から距離を取った。

そんなに離れなくてもいいじゃないか、と思う気持ちで、清泉はさらに笑みを向けた。

「ご心配なく。私は、このホテルのスタッフです。お手荷物、お預かりします」

不審に思っているのかも、と清泉はホテルのスタッフであることを言ったのだが、彼女は余計に身体をすくめた。

「あ、いえ、結構、です。きちんと、皆さんと一緒の時間に、チェックインしますので」

言葉に詰まりながら言う様子に、なぜ、と思う。どこか困惑している表情をしていた。男性慣れをしていない感じも見て取れるので、清泉はほんの少し身を引いてさらに声をかけた。

「いいえ、小泉様。クラブフロアはもうご用意できております。よろしければ、チェックインをされて、ごゆっくりお過ごしください」

彼女が目を丸くして清泉を見上げる。さほど大きくない目元には、長い睫毛が縁取っている。付け睫毛だと気づいたが、その表情が可愛いと思った。日本人らしい鼻梁に、柔らかそうな頬、少しぽってりとした唇には淡く明るいピンク色のリップが塗ってある。

肌は若さを感じさせ、細いが女性らしい丸みを帯びた体型をしている。若いだけで綺麗だと言う人もいるが、それはまさに小泉陽子に合う言葉だと思う。

さほど美人ではないが綺麗、というまとまりない言葉しか思いつかない。彼女にはみずみずしい美しさがあり、清泉はそこに好感が持てた。

「お手荷物、お預かりします」

手を差し出し、陽子の膝に置いてある荷物を手にかけると、それを持ち上げる。久しぶりに持った手荷物は少し重いが、女性の二日分の荷物にしては少ない方だと思った。ほとんど部屋から出ずに過ごすのだから、こんなものかもしれない。

トートバッグなのでちらりと中身を見ると、きちんと整頓《せいとん》されており、無駄なものを持ってこないようにしているのだろうとわかった。綺麗好きな性格なのかもしれない、と勝手に想像する。

「あ、ありがとう、ございます」

見上げた彼女が清泉から視線を外す。ただ微笑んで、少し頭を下げると先に歩いた。

パンプスの音を聞く限り、履き慣れてなさそうだな、と思う。普段の彼女はどんな靴を履いているのだろう、と想像した。

いろいろと、今までにない自分を感じながらクラブフロアまで行き着き、軽く後ろを振り返ると、彼女が慌てて歩みを止めるのを見て、手を差し出したが助けは必要なかった。

このまま倒れてきたら役得だったかも、とまたらしくない自分に胸が熱くなった。

「大丈夫ですか？」

「大丈夫です」

はっきり告げるそれに少しがっかりして、内心ため息。それよりもパンプスに慣れていない様子なので、早くにチェックインさせた方がよさそうだった。

「お客様がチェックインされます。小泉陽子様です」

清泉を見て慌てて駆け寄ったラウンジスタッフに告げると、小泉陽子が清泉を見上げてきた。

「あの、なぜ、私の名前を？」

不安そうに聞く彼女を見て、しまったな、と思った。が、気になっていたのに調べて何が悪い、と勝手に開き直り口を開く。

「定期的に宿泊されるお客様は、大体覚えております。特に、小泉様はクラブフロアに何回もお泊まりいただいておりますから。今回で八回目になりますね。当ホテルを利用していただき、ありがとうございます」

頭を下げると、目を丸くする彼女と視線がぶつかる。可愛い人だと、微笑んだ。

「私の顔も、覚えて……?」

次に困惑した顔をしたのも、どこか面白くて笑みを浮かべたまま答える。

「女性一人で、クラブフロアにお泊まりのお客様は大変珍しいので。失礼があったらお詫びいたします」

清泉がもう一度頭を下げると、焦ったような顔をした。

やっぱり、普通の女性だった、と思う。でもこの普通さがいい。自分の前で、こんなに純粋そうな感じの女性はいなかったから。

「い、いいえ、大丈夫です。覚えてくださって、光栄、です。ありがとう、ございます。荷物も、ありがとう、ございました」

「とんでもございません。こちらにご記入お願いできますか?」

彼女はひとしきり礼を言って頭を下げた。

その時髪がさらりと揺れ、彼女はそっと指で耳にかけた。その仕草に、清泉は胸が高鳴った。彼女の仕草も声も心地いい。

社長である清泉がやって来たことから、ほかのスタッフも数人出てきた。本来なら時間前でもこの場所に数名いなければならない。忙しかったのかもしれないが、もっと引き締めなければ、と思う。

宿泊名簿にペンを走らせる彼女の筆跡を、目を眇めて見つめた。

どこかで見たことのある筆跡だと思ったのだ。

「あの、なにか……？」

不安げな顔を見せる彼女に笑みを浮かべて首を振る。

「いいえ。あとはラウンジスタッフが対応いたしますので。ゆっくりお過ごしください」

そう言い置いて、踵を返し自室へと向かった。

少し早足になったのは、自分の中の疑問を早く確かめたいからだった。

そうしてようやく自室へ行き着き、清泉はデスクの引き出しを開けて一枚のカードを取り出した。

それはついこの間、ブルースターを進呈した、若く就職して二年もたたないスタッフの、ハウスキーパーの名前が書いてあるカード。

清泉の部屋を清掃した彼女は、坂下陽子という名だった。自分は会議で手が離せず、秘書の添島に自室をチェックしてもらった。彼のチェックは誰よりも厳しいので、信頼して任せた。もちろん清泉もあとから自分でチェックしたが、坂下陽子のハウスキーピングは完璧だった。

立田の言った通りの仕事ぶりに感心したものだ。

そして、小泉陽子の書いた手紙も取り出し、並べる。カードと手紙、その二つの筆跡を見て清泉は眉を寄せて、眼鏡をかける。コンタクトを入れず裸眼だったので、少々見え辛かった字をしっかり見るためだ。

「は……驚いた……」

椅子に座り、大きくため息を吐いて、坂下陽子、と書いてあるカードを見つめる。

『いい評価をしていただき、ありがとうございました。これからも精進します』

カードの下に小さくそう書いてあるのを見て、微笑ましい気分になったことを覚えている。

「同じ字じゃないか……どっちが本名だ？　就職時に住民票を出すから、坂下が本名だろうけど……」

なぜ小泉陽子なんだ、と思いながらもう一度字を見比べる。何度見ても、坂下陽子と小泉陽子は同じ筆跡だった。

「同じ人物だったとして、なんで彼女は社員割で宿泊しないんだ？　七割の値段で宿泊できるというのに」

でもなぜわざわざ姓を変えて？　と思った。彼女の年齢を考えると、結婚をして姓が変わることは多々あるだろうという考えにいき着き、なぜか眉間に皺を寄せてしまう。

「なんだ、この気分の悪さ……」

なぜだかわからないこの感情を、とりあえず息を吐いて頭から追い出した。

筆跡が似ているだけなのかもしれない。違う女性かもしれない。

ただ、こんなに筆跡が似ることもないだろうし、同じはるこ、という名前も引っかかる。

「今度確かめるか……」

確認する方法はいくらでもある。

自分は社長なのだから、と職権乱用を前提に、坂下陽子と小泉陽子が同じ人物か、確かめることを決めたのだった。

4

楽しい時間を過ごしたあとは、もちろんいつもの現実に引き戻されてしまう。

カニンガムホテル東京で癒しのひとときを過ごした翌日は、いつも通りの仕事だった。

陽子にとって八回目の、しかもクラブフロアスイートに泊まった今回の宿泊は、思い出深い日となった。カニンガムホテル東京の社長、天宮清泉からのプレゼントがあり、それがあまりにも綺麗なスワロフスキーのペンダントだったことが、最高に嬉しかった。

「やっぱりこのホテル、最高だなぁ……」

マスクを着けてベッドメイキングをする。埃《ほこり》でくしゃみをすることが多い自分に気づいたのは、就職してすぐだった。特にアレルギーを持っているわけではないけれど、日に何回もベッドメイクをしていたらそうなることもうなずける。

部屋に掃除機をかけながら独り言をつぶやき、ルンルンとした気分で鏡台を磨き上げ、浴室の清掃を入念に行う。今日だったらどんなに部屋を汚していても、頑張るぞ、という気分になれそうだ。

八回目記念なんてやっていたことを知らなかった陽子は、なんだか得した気分になり、じゃあさらに八回泊まって十六回目には何かあるのかな、と想像した。

「そんなことあるわけないかぁ」

いつも通り、クラブフロアに宿泊したあと、陽子は今回の宿泊に対する嬉しさをつづった。まるで感想文のような手紙を置いてチェックアウトした。もちろん首には、スワロフスキーのペンダントを身に着けて。

「でも、十六回目、あったらいいなぁ……」

独り言を言いながらベッドメイクを確認し、最後にもう一度掃除機を軽くかける。そうすることでより部屋が綺麗になる気がするからだ。陽子はこの最後の一手間のせいで、最初はほかのスタッフより仕事が遅く、何度も注意された。

だが、それらは自分なりに改善することで、今は早く終わらせることができる。

「えっと、百円、百円」

ポケットを探り、百円玉を取り出したあと、ベッドの上に落とす。

「あれっ……？」

いつもより弾まない百円玉を見て、陽子はマスクの下でポカンと口を開けた。

「雑念が多かったから……もっとピンとしないと」

楽しいことを考えていたから、ベッドメイクを手抜きしていたらしい。しかし、あまりにやり直すとシーツや布団に余計な皺が寄ってしまう。

「足元部分だけをもう一度やり直すといいですよ」

ドアを背にしてベッドの横に立っていた陽子は、聞いたことがある声に慌てて振り向く。予想通りの人がいたので、目を見開き、すぐに頭を下げて挨拶をした。

「お疲れ様です、社長」

「ご苦労様です、坂下さん」

にこりと微笑んだのは社長の天宮清泉で、相変わらず高級そうなスーツと靴を身に着けていた。今日はブラックで統一されており、ネクタイのみワインレッドだ。

どうしてこんなところに社長が来るんだろうと思った。ときどき視察にまわっていると聞いたことがあるけれど、なぜ今自分のところに、と緊張してしまう。

彼は陽子の横を通り過ぎ、ベッドの足元に屈んで膝をつくと、一度足元のシーツをすべて外し引っ張った。コーナーに手を添えながら再度マットレスの下にシーツを入れ込み、綺麗な四角形の形にベッドメイクした。

「百円玉、落としてみて」

呆然とその様子を見ていた陽子は、言われた通り百円玉をベッド上に落とす。そうするとピコンと綺麗に跳ね返り、感嘆のため息を吐いた。

「あ、ありがとうございました」

頭を下げると、いいえ、と言われて顔を上げる。

ベッドメイクの手際が良く、手慣れているように見えた。社長なのにこんなことできるんだ、と内心でつぶやく。

「私のホテルマンとしてのスタートも、ハウスキーパーからだった。あなたと同じように、コインを落として毎回確認して、綺麗なベッドメイクを心がけたものです」

瞬きをして社長の清泉を見上げた。そうなんだ、という気持ちと驚きがある。

「一日の最後に寝る時は、気持ちよく清潔なシーツの上がいい。そう思いませんか？」

「はい……いつもそれは、心がけています」

陽子も自宅ではいつも、清潔なシーツがいいので毎日とはいかないまでも、常に洗濯をしている。

しかし、何度も思うのだが、どうして社長の彼がここにいるのだろう。午前九時をまわったところで、早くにチェックアウトした部屋の清掃をしていた。

まだ早い時間だ。社長の出勤時間が何時かわからないが、こんなに早く出勤するものではないと思う。

「ブルースターを直接進呈できずに、申し訳なかった。着け心地はどうかな？」

陽子は自分のエプロンにあるブルースターを見る。身に着けていると身が引き締まるし、着けた翌日からはさっそく宿泊客から英語で質問をされた。

「身が引き締まります。仕事を頑張りたいと思いました」

基本的なことしか言えず、顔をうつむけてしまう。

何より顔を上げられないのは、清泉の顔があまりにもイケメンだからだ。どんな女性でもドキドキするような、整った顔立ちをしている。彼の黒い目に見つめられると、顔を背《そむ》けて恥じらうのが普通だろう。

「カニンガムホテル東京を、これからもよろしくお願いします」

彼の言葉にほんの少し顔を上げると、微笑んで陽子を見つめていた。恋をしたことがない陽子でさえ、キュンとくる甘い微笑みに、心臓が跳ね上がった。

「はい、こちら、こそ」

声を絞るように言うと、彼が陽子に近づき間合いを詰めてくる。陽子が半歩下がろうとすると、腕を掴まれた。男の人に腕を掴まれたのは初めてだった。

「ストップ、そのままで」

ポン、と頭の上に手が乗せられた。陽子の頭を掴めそうな大きな手は温かい。おそるおそる見上げると、視線がバチッと合った。

「あ、あの……」

「軽く背伸びをして」

「え?」

「背伸びです」

手を掴まれてドキドキしている場合ではなかった。なんでこんなこと、と思いながらも陽子は言われた通りに背伸びをした。すると、小さくため息をついて、もういいです、と言われて何が何だかわからない。

「坂下さん、今日も私の部屋の清掃をお願いします」

「……あ、えっと、承知、いたしました」

「私は午後三時から四時半までは不在にします。少し遅くて申し訳ないが、接客用のオフィスとして兼用しているから。では、よろしく」

にこりと微笑んで背を向ける。彼の後ろ姿もイイ男を演出していて、それだけでカッコイイ。陽子は出て行こうとする様子にホッとしたところで、再度名を呼ばれた。

「今日も清掃は完璧だ。ただし、ベッドメイク以外は。バスルームなどの水回りの清掃とベッドメイクは常に最高を心がけなさい。手を抜いたら、ブルースターも取り上げるから、そのつもりで」

厳しい言葉と甘い笑顔。

社長の天宮清泉は微笑みながらも辛辣《しんらつ》な言葉を言う時がある、と聞いていたけれど。

今度こそ部屋を出て行く彼に緊張が緩んで、肩を下げる。

「もう、なんなの……？　いきなりなんで社長が来るの？　最後に厳しいこと言ってったぁ……むちゃくちゃ正論だけど……」

厳しいことを言われて力が抜けたが、ちゃんとしなければ、と姿勢を正した。

「私勤務時間、今日は三時までなんだけど……」

社長は陽子の名前をしっかり覚えていたし、勤務時間なども把握していそうだ。そんな彼が午後三時からと言ったのなら、彼の下で働く陽子はうんとしか言いようがないだろう。

そうして部屋の清掃を終えて立田に言うと、彼は胃を撫でながら、ああうん、と二つ返事だった。

「社長から聞いてるよ。時間外だって言ったら、残業手当をつけて構わないからって、念を押されちゃった。おまけに社長の都合を押しつける形になるから、明日は帰る時間を二時間短縮していいって」

やや困ったような顔をする立田に、陽子も眉を下げた。

「まるで王様みたいです……」

「そんなこと言わないの。それだけ君に仕事を頼みたいってことでしょ？　すごいと思うよ。カニンガムホテルロンドンの社長のあと、経営再建のために日本に来た優秀な人なんだからね」

それはそうかもしれないけど、と陽子は顔をうつむける。

「こんなこと、珍しいんだから。あの人が自分のわがままでホテルスタッフを動かすなんてね」

ポン、と軽く肩を叩かれて立田を見ると、彼は微笑んだ。

「職権乱用して申し訳ない、って僕にも謝ってた。本当に良い人だから、誤解しないで欲しいな」

立田が良い人だから、その言葉を信じるけれど。

しかし陽子には、少し感じが悪く思える天宮清泉。

時間内に仕事を終わらせるのがプロです、と言われた人もいるというのに、どうして陽子は時間外で頼まれるのだろう。

ふてくされた気持ちで陽子は次の仕事へと向かう。

チェックアウトをしたお客様の部屋が次々と空いていく。

社長である清泉に言われた通りに、意地になってベッドメイクと水回りの清掃を頑張り、汗を流すのだった。

☆　☆　☆

陽子は不本意ながらも、プレジデンシャルスイートのドアの前に立っていた。清掃のために必要なワゴンを横に置き、特殊なカードキーでドアを開けると、ワゴンを引いて中に入った。

入ってすぐに全身が映る鏡があり、それを見ると不機嫌そうな自分が見えた。

「なんで時間外に……」

そう思っても、時間外手当をもらうことになっているし、これはハウスキーパーである陽子の仕事だ。それに、ブルースターを持っている今の自分は、社長の居住空間を清掃するのに適任。

「やるしかない……」

リビングにあたる空間に入ってすぐに気づいたのは、飲みかけのワイングラスが二つ。

スナック類を摘んだらしく、カナッペが一つ残されている。

「もしかして……」

寝室を覗くと、この前清掃した時よりもベッドが乱れており、バスローブが綺麗にだが脱ぎ捨ててある。

「昨夜は女の人とお楽しみだったんですかね？」

あれだけの容姿を持つ、素敵な人だ。しかも社長という肩書の彼に、女性の影がないわけがない。

陽子は眉を寄せて唇を尖《とが》らせた。彼とは何もないし、好きとかそういう感情はない。ただ、このホテルが大好きで、そのホテルの社長が八回目の宿泊だからとプレゼントをくれた。どんな人なんだろう、と意識し始めていた。

しかもホテルに泊まる前は、社長の清泉が荷物を持ってくれて、チェックイン前の手伝いをしてくれた。

その一連の出来事すべてが、まるでお姫様みたいだと思って、すごく嬉しかったのに。今日の朝の出来事や、今の部屋の乱れた感じで、すっかりそれは消え去ってしまう。

「なんで私……ちょっと落ち込んじゃったりしてんの？」

ため息をついて、さっそく清掃を始めた。おいてある食器類を片づけ、テーブルを拭き上げた。それからバスルームやそのほかの部屋のゴミを集めようとして、ほとんどゴミが出ていないことに気づく。それどころか、女の人とお楽しみだったのだろう、という痕跡は全くなかった。

乱れて見えたのは、テーブルの上と寝室のみ。もちろんバスルームも使った感じがあったのだが、女性の髪の毛らしきものはなかった。

「勘違いか……でも、昨夜は誰かと一緒だったよね？」

二人分のワインがそれを物語っていて、陽子は自然と唇を尖らせた。

「さすが！　イケメンは違いますな！」

ベッドメイキングをし、埃を取り去ったあと、掃除機をかける。広い部屋のすべてに拭き掃除を行い、カーペット用のコロコロをまんべんなく行う。最後にもう一度浴槽に水をかけて拭き上げたあと、寝室に戻りベッド周囲をチェックする。コインを落とすとピコンと跳ね返ったのに満足し、陽子は指さしチェックを行った。

「よし、完璧だ！」

ふう、と軽く額に浮いた汗をハンカチで拭って、窓の外を見る。まだまだ明るいプレジデンシャルスイートからの風景は、やっぱり感動するほど綺麗だった。昼間しか見たことがないけれど、一度でいいから夜も見てみたいな、と思う。

「一泊、いくらだろう。絶対無理だから値段見たことないけど、四十万はくだらないんだろうなぁ」

クラブフロアだって、結構な値段なのだ。こんな場所に二泊もするなら、陽子の貯金がなくなってしまう。泊まる人が気持ちよく過ごせるように、どんな部屋でも陽子は心を込めて清掃している。

もちろん、社長が住まうこの部屋だってそうだ。個人的な引っかかりはあるけれど、それとこれは別だ。社長だけが住むことができるこの空間は、一人では広すぎて寂しい気もする。でも、綺麗であったならくつろぎの空間にもなる。

陽子は左側のポケットに手を入れ、仕事用のハンカチとは別のハンカチを取り出す。その中に入っているのは、社長の清泉からもらった、八回目記念のペンダント。

「わぁ……やっぱり綺麗」

サンキャッチャーみたいになるかな、と思い光にかざすと七色の光が床に散った。透明で、指紋をつけるのもはばかられるような美しいスワロフスキー。

「こういうの、いったいいくらするんだろう。私にも買えるかなぁ……」

「買えると思うよ、君の給料ならね」

ハッとして視線を横にやると、部屋の持ち主が立っていた。

足音をほとんど立てないから、全く気づかなかった。

彼はソファーの背に軽く腰をあずけ、腕を組んでいる。ただじっと陽子を見つめ、何を考えているのかわからない顔をしている。

慌ててペンダントをしまおうとすると、手の上に乗せたハンカチから滑り、柔らかな絨毯の上に落ちてしまう。いつの間にか近くまで来ていた清泉がペンダントを拾い、陽子を見つめる。

「これはね、スワロフスキーに特別注文した。リーズナブルに仕上げるために、チェーンと金具はすべてシルバー素材。それに余計な飾りはつけずに、トップの部分だけに金具をつけるようにした。クリスタルの風合いを生かすためにあえてランダムにカットし、自然な感じに仕立ててもらった」

親指と人差し指でペンダントトップをもって、清泉がにこりと笑う。

「小泉陽子という宿泊客だけに僕が送ったものだ」

綺麗な目が瞬きをして陽子を見る。そうして手の上にあるハンカチの上に、彼はペンダントを乗せて小さくため息を吐いた。

「どうして、小泉陽子という名前を使ってる？　なぜ社員割引を利用しない？」

いつの間にか左手をやんわりと取られていることに気づき、陽子はペンダントを守るようにハンカチでくるんだあと、彼から手を離した。

「そ、それは、私の、勝手です。そうしたいから、そうしているんです。いけませんか？」

陽子は彼の言葉に一瞬ひるんだが、すぐに我に返りむっとする。

「……いけないことはない。ただ、わざわざ偽名を使って、今の雰囲気と違う格好をしてクラブフロアに宿泊するのが、どうしてなのかと気になる」

今まで誰にもバレたことはなかった。立田とすれ違った時でさえ、陽子だと気づかれなかったのに、どうしてだろう。彼は鋭いところがあるから、何か感じたのかもしれない。

「どうして、私だとわかったんですか？」

「いつも置いてある手紙の筆跡と、清掃時に置いていくカードの筆跡が同じだった。八回目の宿泊時に、宿泊名簿を書いているのを見て、どこかで見たことがあると思って、確かめた。ブルースターを進呈した時のカードには僕に対するメッセージもあったから、捨てなかった」

それに、と微かに笑って陽子に近づく。

「名前が同じ太陽の陽と子供の子ではるこ、だったしね」

陽子の書いたカニンガムホテルへの手紙を、彼はずっと読んでいたのだろうか。そうだとしたら恥ずかしい。確かにカニンガムホテル東京の皆様へ、と書いていたけど、社長の清泉の目に触れることはないと思っていた。

「社員だったら七割の値段、つまり三割引きで宿泊できるのに、正規の値段で泊まったらお金がもったいないだろう？　失礼だが、君の給料ではよほど切り詰めないと、宿泊は難しいと思うけど」

もう本当に余計なお世話だ。

それだけお金をかけて、きちんとした客として宿泊したいのだ。世界一のホテルと言われるカニンガムホテル東京の社長を務める彼には、きっと陽子の心なんて理解できない。

「私は、社員としてではなく、普通に宿泊してサービスを受けたいだけです」

陽子の給料を知っているのは当然で、よほど切り詰めないと、という彼の言葉も当たっている。でも、そんなことを言われると、このホテルに泊まれなくなってしまう。

「ここに就職する前、私はいろいろ悩んでいました。前のホテルではウエイトレスで、ずっと一生懸命働いていたんですけど、ウエイトレスの社員は私だけで、いつもシフトが詰められていました。それが嫌になって、辞める決意をしたんですけど、何も決めてなくて……とりあえず自分に思いっきり贅沢をさせたいと思って宿泊したのが、このカニンガムホテル東京でした」

クラブフロアに宿泊したきっかけは、とにかく今の自分から逃げたい、仕事のことを考えたくない、という思いからだった。そこで受けたもてなしは、陽子の想像以上だった。クラブラウンジではお酒も無料で飲めて、アフタヌーンティーを楽しむなど、優雅な時間を過ごすことができた。

すごくお金を使った。でもそれ以上の思いをすることができた。だから、このホテルで働きたいと思うようになったのだ。就職試験まで時間はそれほどなかったが、英会話スクールに通い、カニンガムホテルの募集内容に近づけるよう頑張った。

就職試験に合格した時、どんな部署に配属されても全力で頑張ると心に決めた。

「私の心を、このホテルは満たしてくれました。確かに、三割引きの値段で宿泊すれば、今ほど生活を切り詰める必要はないですけど、それは私の中で違うんです。このホテルには、正規の値段を払ってサービスを受けたいんです。……名前は、本当に、ここに初めて泊まった時は小泉陽子でした。でも、母が再婚し、再婚相手の要望で、私も継父の姓を名のることになりました。ですから、今は、坂下陽子なんです」

清泉は黙って陽子の言葉を聞いていた。顔を上げて彼を見ると、ただ陽子を見つめていた。

「この部屋に初めて入った時、夢のような空間だと思いました。できれば夜景も見てみたいと思ったたし、清掃しながら自分がこの部屋の住人のように感じられました。この前宿泊したクラブフロアではキングサイズのベッドが置いてあるスイートルームでした。いつも泊まる部屋よりも倍広くて……自分がお姫様になった気分で……」

陽子は自分が恥ずかしいことを言っているのに気づく。お姫様なんて、この年で言うべきじゃない。

このホテルに泊まるための張りぼてを作って、ただ何もかも人任せで過ごすだけの一般人だから。

「君の左手にあるペンダントは、君のために作ったんですよ、陽子さん」

陽子さん、と呼ばれて驚き、顔を上げると、清泉は優しく微笑み陽子を見ていた。

「さっきも言った通り、特別注文だ。誰でも八回目に宿泊したからってプレゼントする品ではないですが?」

瞬きをして、いつの間にかギュッと握っていた左手を開きそこを見る。清泉が手を伸ばし、ハンカチに包まれたペンダントを取り出すと、陽子の首にかけた。

首筋に清泉の視線を感じ、心臓が跳ね上がる。同時に彼の指先が触れ、陽子は身体が熱くなる。きっと首や顔は赤くなっているに違いない。

「君にプレゼントするために作った。これくらいの方がカニンガムホテル東京からのプレゼントだと思われるだろうと思ってね。女性に渡すプレゼントにしては、僕にとってはリーズナブルだったけど」

「……え？」

「クラブフロアのスイートルームを手配したのも僕だ。君みたいに普通の女性が何度もリピートするのは珍しいし、ゆっくりくつろいで欲しいと思って。パンプスも慣れていない様子だったから」

陽子は自分が慣れないパンプスで歩き、音が大きくなるのが恥ずかしかった。見抜かれていたことに、顔が赤くなってしまう。

「ああ、それと、ちょっと待ってなさい」

人差し指を立てて、待っていろという仕草をすると、奥の扉の向こうに彼は歩いて行く。オフィスを兼ねた仕事をする場所だ。

清泉は四角い箱を手に戻ってきた。そして陽子の前に立つと、その箱を開いて中身を見せる。

「……っ」

息をのんだのは箱の中に収められたものがとても綺麗だったから。陽子のペンダントと、同じデザインのピアスだった。ペンダントより少し小ぶりだが、十分大きなスワロフスキー。

「この前着けていたフープみたいなピアス？　あれよりもこれを着けた方がいい。本当は次にクラブフロアに宿泊した時に、と思ったけど……そのペンダントを着けている君を見ると、早く渡したくなった」

陽子は箱に収まっているピアスを見て、何度も瞬きをしてしまう。

それにどうして、この人は陽子にこんな素敵なものをプレゼントするのだろうと思った。

「でも、私、もらういわれはありません。社長とも、ほとんど初対面です、し」

言葉に詰まりながらそう言うと、清泉は少し声に出して笑い、そっと陽子の顎に指を添えて顔を上げさせる。

「わからない？」

「わかるわけありません。それに、ペンダントも、そのピアスも、私には高価なものにしか、見えませんから」

「ああ、そうなんだな」

彼は可笑《おか》しそうに笑った。陽子は彼の手から逃げて、少し距離を取る。そうすると清泉は、今度は笑みを抑え、視線を合わせるように見つめてくる。

「気になる女性の気を引きたいだけ。よろしければ陽子さん、そのペンダントとこのピアスを着けて、僕とデートしていただけませんか？」

陽子は耳を疑った。

カニンガムホテルロンドンの社長を経て、カニンガムホテル東京の社長に就任している天宮清泉である。

そんな彼が、一介のハウスキーパーにすぎなくて、ホテルに泊まるために貧乏生活をしているような女を見て、デートに誘った。

「あ、そんな、ご冗談を……」

「そんな風に言わないでくれるかな……こっちは決死の覚悟だというのに」

彼はさらに間合いを詰めて、陽子に手を伸ばし腰に手をまわした。もう片方の手は後頭部に添えられ、やんわりと抱き締められる。

陽子は自身の両手をどこにやればいいかわからず、だらんと下へ下ろしただけだった。ピシッと固まってしまい、ただ息をするのが困難になる。

「僕と、デートしていただけますか?」

腰にまわった手に少し力がこもり、陽子はもともと大きく鳴っていた心臓が、さらに早鐘を打つのを感じた。

男の人に抱き締められたのは、初めてだった。

「……はい」

「よかった、楽しみだな」

社長、天宮清泉は優しく深く、低い声をしている。男らしいその声が耳の近くで聞こえると、肩をすくめてしまう。

耳がくすぐったいような、どこか心地よいような感覚がして、彼がようやく陽子から手を離した。

「今日残業をさせてしまったかわりに、明日は昼までの勤務だ。良ければ、明日にでもどうかな」

「あ……はい、大丈夫、です」

「では、明日、午後六時に……ここに来て欲しい」

「わかりました」

なんで素直に返事をしているんだろう。それだけが不思議で、陽子は大きく息を吐いた。

「時間外だからもう帰りなさい。気をつけて」

そう言われて、ようやく我に返った気がした。

陽子は清泉に頭を下げ、清掃用のワゴンを出して、エレベーターまで歩く。

顔から火が出るように熱いとはまさにこのこと。

「もう、どうしよう。なんではい、って言ったんだろ……」

あの素敵な天宮清泉とデート。

彼に対する良くない印象のことなど、この時陽子の頭からは飛んで消え去っていた。

それに、この部屋で誰といたのかも、もう考えたりしなかった。

5

「由々しき事態、ってまさにこのこと……」

このあとデート、という普通の女子が経験していることが、頭から抜けなかった。けれど、ブルースターを取り上げられたくはないので、どこもかしこも隅々まで念入りに清掃した。

仕事をしていても、彼、天宮清泉のことが頭に浮かぶ。カニンガムホテル東京の社長で、言うことがどこか厳しく気難しく聞こえる、超イケメンの男。

彼がホテル内を歩いていると、女性は必ず見ている。男性もまた、気圧されるかのごとく見ているのだ。圧倒的な雰囲気というか、王様のようだが容姿は王子様。陽子よりもかなり年上なのに、近くで見ても若々しくさほど年上に見えない。

『手を抜いたら、ブルースターも取り上げるから、そのつもりで』

彼の言った言葉を思い出し、ムカムカした。手を抜いてなんかいない。ただ考え事をしていて、少しベッドメイクが緩んだだけ。

心の中で言い訳をしながら、陽子は肩を落とした。

「緩んでいいわけないか……言うことはもっともだし、反省しないと……」

ベッドの上で百円玉が跳ね返ったのを見て、陽子はようやくマスクを外した。

昨日、時間外手当をつけてもらった。それに、今日はその時間分早く上がっていいと言われている。しかし、できれば時間内まで、と思い上司の立田にそれを言ったのだが却下された。

社長の方針で時間内に仕事を終わらせ、残業はできるだけしないように言われている。マネージャーである立田がそれをさせないのは、彼のスタッフ管理に引っかかってしまうからだ。

陽子は昼までの仕事で、あと十五分で終了だ。家に帰って、まずデート前に何をすべきだろう、と考えるがわからない。唯一のインターネットツールであるスマホで調べるのも面倒だ。

陽子の出勤着はTシャツにデニムパンツ。駅までは自転車で向かって、電車に乗り、あとは徒歩でカニンガムホテル東京へ行くのだ。動きやすく、多少汗をかいてもいいような服を着るのは、当たり前だ。

「むしろ、このハウスキーパーの制服が、私の服より高級そう……」

陽子はため息をつく。このホテルに泊まる時には、頑張ってオシャレをするのだが、果たしてそれがデートの服にも通用するかわからない。

「お出かけ用のは、安い服は買ってないけど……あー……いっそ、いつもの服で登場した方が、社長が引いていいかもしれない……抱き締められて、すごくドキドキはしたけど」

知っている限りでの天宮清泉は、イギリスの名門校を卒業したあと、これもまたイギリスの名門大学、大学院まで進学し優秀な成績で卒業しているらしい。その名門校、名門大学というのはどこか知らないが、社長を務めるほど優秀な人材なのだから、かなり頭のいい有名学校だろうと思われる。

全く気乗りがしない。

あんなに素敵男子が目の前にいたらチカチカして、緊張するだろう。食事を一緒にしようものなら、きっとご飯が喉を通らないのではないかと思う。あの大きくて意志の強そうな目を見ると自信がない。

ドアに手をつき、気が重い、とため息をつくと不意に声をかけられた。

「坂下さん、もう上がりだろ？」

陽子が振り向くと立田がにこにこと笑みを向けた。陽子はうなずき、はい、と返事をした。

「今日は、早く上がれてラッキーだね。これから何するの？」

これから、と聞かれて何とも言えない気分になる。

「ちょっと事務室に寄ったあと、帰ります。ゆっくりしたいと思ってます」

「そっか。お疲れ様。ゆっくりして」

「はい。お疲れ様です」

立田と笑顔で別れると、陽子は笑みを消し、肩を落とす。

「もう……断ろう」

陽子は大きくため息をつきながら、着替えたあと今日の誘いを断るために、社長のもとへと向かった。

☆　☆　☆

数十分後、陽子は意思を固めて社長のオフィスに続くドアの前に立っていた。インターホンがあり、ドアにはセキュリティーのため、指紋認証システムの機械が置いてある。

陽子はインターホンに指を近づけ、何度も深呼吸をして、一度指を引っ込めた。意気込んできたものの、社長のオフィスに入っていいものかどうか、という迷いが出てきたからだ。

自分は仕事が終わっていても彼は仕事中かもしれない。もしそうだとしたら、陽子は彼の仕事を邪魔するだけだ。しかし、断るなら早い方がいい、ともう一度深呼吸すると、顔を上げた。

『坂下陽子さんですね』

陽子がビクッとして驚くのも無理はない。いきなりインターホンから声が聞こえて、陽子の名を呼んだからだ。

「あ、はい、坂下です」

『お入りください。社長がお待ちです』

インターホンからの声は添島だろう。一度近くで声を聞いたことがあるだけだが、確かに彼だった。

ピッと小さく音がしたかと思うと、次に鍵の開く音が聞こえてきた。ドアノブに手をかけると簡単に開けることができたので、そのまま中に入る。ドアを閉めると施錠したような音が聞こえて、後ろを振り向いてしまう。

「カメラ、どこかにあるのかな……」

陽子はインターホンを押さなかったので、どこかから陽子の姿が見えていたことになる。確かに、社長室の前なのであってもおかしくはないけれど。

白い壁にはところどころ、青い装飾のためのタイルが埋め込まれており、西洋のようでもあり東洋っぽくもある。高級な雰囲気を醸し出している社長室へ続く廊下には、ドアが二つあるが、一目でわかる重厚そうなドアが社長室のものだろう。

息を大きく吐いてドアを開けた。

「失礼します」

まず目に入ったのは木製で統一されたインテリアだった。次にしゃれたセンスにデザインされた一面の木製の壁。それが絶妙な具合に配置されていて、高級感もありすごくスタイリッシュというか、カッコイイというか。

おまけに大きな一面の窓は都会が一望でき、ものすごく景色が良かった。

しばし呆然とそれを見つめていると、微かに笑い声が聞こえてきて、ハッと我に返った。

「ここに初めて来たら誰もが同じ顔をするのに、笑っては失礼ですよ、社長」

「まぁ、そうだけど、可愛いじゃないか」

二人のやり取りを聞き、ちょっとだけムッときたものの、きっと間抜け顔をしていただろう陽子が悪い。気を取り直して、陽子は軽く頭を下げた。

「お疲れ様です」

今日の彼はフレームレスの眼鏡をしていた。いつもはしていない眼鏡をかけていると、少しだけ和らぐ印象がある。しかし、その姿が余計に彼の端整な顔を引き立たせているのも事実で、陽子は心ならずも心臓が高鳴ってしまった。

「お疲れ様、陽子さん」

陽子さん、と呼ばれたことにドキッとして、添島を見てしまう。人前でそんな風に呼ぶというのは、どこか親密感があり、それでいて面映《おもは》ゆい。まして、一介のハウスキーパーの自分が、社長に名前で呼ばれることなど、普通はない。

添島は少しだけ呼び名に反応したが、何食わぬ顔でにこりと笑う。

「社長、私はお邪魔ですか？」

「仕事が終わったのなら、席を外してくれると嬉しい」

「わかりました。このあとの予定は、社長の要望ですべてキャンセルいたしましたので。

明後日には、出張も控えておりますからそのつもりでいてくださいね」

少し棘のあるような言い方だな、と思いながら陽子に軽く会釈をして通り過ぎる添島を見て、清泉に視線を移す。彼は椅子から立ち上がるところだった。

「どうしたのかな?」

微笑む彼を、やっぱり直視できない。

陽子は一度息を吐いて、それから顔を上げた。

「やっぱり、今日のデートは、お断りさせてください」

「なぜ?」

「……いろいろ、無理があります。主に私が」

「どこに?」

陽子は清泉の足元を見た。今日はウイングチップの綺麗に磨かれた靴を履いている。かたや陽子の足元は、少し汚れたスニーカーだ。清泉が着ている、薄く縦にストライプが入ったネイビーのスーツは、洗練されていて高級なものだと一目でわかる。

でも、陽子の服は普通のどこにでもあるTシャツと量販店で購入した、細身のデニムパンツ。バッグも、布製のもので安っぽい。

「ここを見ても、社長が住んでいる部屋を見ても、それに私の服装だって……住む世界が違うんだなぁ、って思います。私はほんのちょっと贅沢なことを知っているだけ。……私と社長は合いません」

彼は陽子を見て、肩を落としながら息を吐いた。

「なんだそんなこと。どこが無理なのかさっぱりわからない。僕と君は同じ日本に住んでいるのに」

この人何言っているんだろう、と陽子は眉を寄せた。

「だからそういうことではなくて、今の私と社長の服装も月とスッポンくらい違います。あなたは汚れたスニーカーなんて履かないだろうし、こんな安物のデニムパンツもTシャツも着ない。私の部屋は狭いワンルームのアパートです。お世辞にも新しい建物とは言えません」

自分で言ってさらに格差を感じて、ちょっと卑屈になっていると思う。でも、彼と陽子とでは何もかも違いすぎるのだ。

「この格好の私を、高級レストランに連れて行けます？　社長はそのスーツのまま私と過ごすんでしょう？」

「ホテルから一歩も出ずに過ごすのが君のお好みだろう？　違う？」

「え……？　何を言って……」

「まずはもっと君を知りたいから、僕の部屋で映画でも見て過ごそうかと思っていた。ディナーは部屋に持ってきてもらえばいい。外に出るのはまたにしよう。ただ、ゆっくり話したい。今からの時間だったらランチでもどうかな」

陽子は言葉に詰まった。ただゆっくり話したいと言われ、そうしたいと思う自分もいたからだ。

　でもそこで思い出したのは、この前清掃した時にあった、二つのワイングラスと少し乱れたベッドルーム。誰かと一緒に過ごしたのは確かだ。ただ、確証がないだけ。

「社長には誰かがいるでしょう？　部屋に二つ、ワイングラスが……ベッドだって、以前よりグチャって……」

「仕事で飲んだり食べたりする機会が多い。ワイングラスは、仕事相手と飲んだ。相手はカニンガムホテルグループのＣＥＯ、つまり僕より偉い人。その彼は、もう一つのプレジデンシャルスイートに泊まり、僕は飲みすぎていたからバスローブのまま眠った。朝、ベッドを軽く直す時間もなく仕事に行っただけ」

　プレジデンシャルスイートに宿泊客がいたことを、陽子は知らなかった。きっと雁田が清掃をしたのだろうと思う。

「それに、ウチのＣＥＯはお忍びで来るのが好きでね。黙って来日して、黙って帰った。ＣＥＯが来ていたことを知らないスタッフの方が多い」

　そうして可笑しそうに笑った彼は陽子と距離を詰めた。

「誤解は解けたかな？」

　彼が陽子の方へ手を伸ばす。でも、その手から逃れるように一歩下がった。

「スタッフから女が切れたことがなさそうと言われているのは知ってるよ。でも、このホテルの社長になってからは、そういう相手はいない。気になった女性は君だけだよ、陽子さん」

にこりと笑って、再度陽子に手を伸ばし、その手を取った。

「こう思って欲しい。社長の僕が、今の君をそのまま好きになった、と」

「……意味がわかりません」

陽子は可愛げなくそう答えた。信じられない気持ちがあるから。

安物を身に着けている陽子と、高級なものを身に着けている清泉は明らかに違う世界の人。

そんなの、すぐに信じられるわけがない。なのに、すごくドキドキして、期待に胸が高鳴っている。

「そうか……じゃあ聞くけど、君は君のような格好をしている、社長ではない男なら好きになるのか？」

「そんなの……」

「わからないだろう？　住んでいる世界なんて、どうでもいいこと。今日の服だって、似合ってるし、僕は別に差を感じないが、君はどうしてそう思うんだ？」

彼の言葉に陽子がうつむくと、頬に手を添えられ上向かせられた。

「できればこのまま家に帰らず、約束の時間より早く、僕の部屋で過ごしませんか？」

陽子はどうしたらいいかわからなかった。彼の部屋が乱れていたのはベッドとテーブルの上だけ。勝手に誤解をしたのは陽子であり、それに腹を立てていたのはどうしてか、と思う。

彼のことが気になっている証拠だ。

陽子は清泉に好きだと言われた。それが嬉しかった。

だから別に彼が社長でも関係ないことだ。誰が誰をどう思おうと、それは自由だから。

「私、本当は、こんな服しか、持ってないんです」

「そう」

「クラブフロアに泊まる時は、一生懸命、背伸び、してました」

「わかってたよ」

「……私が一緒にいて、恥ずかしくないですか？」

「逆に僕が悪者にされそうだ。いい年した男が、若い女性を連れていたら、ね」

陽子はその言葉に笑ってしまった。確かにスーツが決まっているこんなイケメンが、陽子のような子供っぽい女を連れていたら、引く人がいるかもしれない。

「一緒に、過ごしてくれますか？」

「……はい」

今度は素直に返事をした。いろいろ考えずに、今の気持ちを大切にしたいと思ったからだ。

「ランチは何を食べたい？」

「何でもいいんでしょうか？」

「もちろん」

彼の言葉に押されるように、陽子はうつむきながら言った。

「実は、カニンガムホテル東京のフレンチ……食べてみたかったんです」

「そう。じゃあ行こうか」

「……本当にこの格好の私を、連れて行ってくれますか？」

「このホテルにはドレスコードで止めるスタッフはいない。知っているだろう？」

どんなお客様にも最高のもてなしを。

それがカニンガムホテルグループの理念でもある。

陽子は微笑んで、差し出された手を取った。

清泉の手は温かく、優しく陽子の手を包み込んだ。

ただ、それだけで安心できるような、幸せな感覚だった。

6

ホテル内には、中華料理、フレンチ、日本料理、そして本格的なアフタヌーンティーが楽しめる、女性に嬉しい場所がある。それらは十二階にある専門的なレストランで食することができるが、ホテルの一階にある開放的なレストランもまた、とても美味しい西洋料理が楽しめる。

陽子は一階のレストランでは何回も食事をしたことがあった。月ごとにメニューの替わる料理を食べられるのが、楽しみだった。

ただ、十二階のレストランとなると、それなりに値段も張るし、どこかお金持ちそうな人たちばかりがそこで食事を楽しんでいる。

陽子にはとても入れそうになかった。また、一人で入れるかというと、そこは一階のレストランと雰囲気が違うので、できなかった。

そんな思いもあったから、十二階で食事をするというのは、陽子の夢でもあった。いつか誰かと行けたらな、と思っていたが、まさかカニンガムホテル東京の社長と行くとは思わなかった。

社長の天宮清泉は普通にレストランの中に入り、隣にいる陽子の手をとりながら窓際にあるテーブルに移動した。Reservedの札が置いてあるのを見て、ここに来る少し前にレストランの席を取っておくように言っていたことを思い出した。

「どうぞ、陽子さん」

ホテルのスタッフより先に、清泉は陽子のために椅子を引いた。Tシャツにデニムパンツの格好は、どう見ても安っぽいものを着た一般人だ。そんな陽子に社長で、いかにも高そうなスーツを着た清泉が椅子を引く。どんな目で見られているのだろう、と優越感とともに恥ずかしさも覚える。

「ありがとうございます」

「いいえ」

座ると同時に椅子をスッと押して、絶妙な間を持って座ることができた。彼のために椅子を引いていたスタッフを見たあと、手を上げて止め、ありがとうと言って自分で座る。その一連の動作も優雅でカッコイイ。

一流の男というか、洗練された仕草に見とれてしまう。

「私と社長は、やっぱりミスマッチな格好ですよね」

「いいじゃないか、それで」

陽子のグラスにミネラルウォーターを注ぐウエイターを見て、さすがだな、と思った。すべての動きがしっかり教育されており、給仕されているという感じがする。

「君の価値は僕が上げているはずだ」

その言葉の中に、自信を感じて陽子はうつむきながら笑った。

「……そうでしょうか？」

「逆に君が素敵なドレスを着ていて、僕がTシャツにダメージパンツを着ていても、それは変わらない自信がある」

清泉の言葉に、妙に納得してしまう。

清泉が陽子のような格好をしていても、きっと彼はすごく素敵に見られるだろう。そんな姿をしていても、イイ男を連れている陽子には、どんな魅力があるのかと思われるかもしれない。

そう考えて、こんな時に想像力たくましいな、と反省する。だがとにかく彼は、それだけ魅力的な男性だ。

「堂々としていればいい。君はTシャツにデニムパンツ姿で、カニンガムホテル東京の社長を連れている」

にこりと笑った清泉に、陽子も頬を緩めた。

「そうですね」

「そうだ」

きっと、この人と一緒にいたら緊張して何も食べられないと思っていた。でも彼の優しい微笑みを見ていると、自然とリラックスできそうだった。

「メニュー表、こないんですか?」

「頼んであるから。肉料理にしたけど、いいかな?」

「大丈夫、です。実は魚、苦手で」

魚より肉が好き。自分で苦手だと言っておいて、引いていないかな、言ってはダメだったかな、と様子をうかがったが清泉はただ微笑んだ。

「そうだと思った。君、若いからね」

若いと言っても、もう成人して五年を過ぎている。いつまでも魚が、なんていう年ではないとわかっているけど、言ってしまった言葉は取り消せない。

「食べられないことないんですよ。ただ、こういうところだったらお肉がいいってだけで……」

うつむくと、清泉は手を伸ばしてきて、指先が軽く陽子の顎に触れた。

「顔を上げてなさい。君はうつむきがちで良くない。苦手なものを食べるよりも、好きなものを食べる方がいい。君の年だったら魚より肉の方が好きな人が多いだろう。僕もそうだったしね」

そう言いながらテーブルの上のナプキンを取り、膝に置く。陽子も彼がするように、ナプキンを膝に置いた。

「そう、ですか?」

「僕は男だし、肉は今でも大好きだが、年齢とともに味覚も変わってきた。若いなら若いなりに、好きなものを食べたらいい。そのうち、魚料理も美味しいと思う日が来ると思う」

陽子は自分に自信を持ったことがない。特にこの、天宮清泉の前では、自信がなくなってしまう。

彼はすごい人だと思う。仕事は成功しているし、ホテルスタッフから気難しい、厳しいと言われながらも、それがホテル経営のためになっているのは事実だ。それに考え方がポジティブで、陽子のうつむきがちな顔を上げてくれる。

『本当に、良い人だよ』

立田が何度もそう言った。陽子はそれを最初は信じなかったし、前日も彼の言動に頬を膨らませていたけれど。

「社長は、恋愛にも気難しい、と立田マネージャーが言ってました」

「恋愛にも？」

彼は聞き捨てならない、と言うような顔をして聞き返す。そこで失言した、と思って陽子は眉を下げた。

「どうせ、仕事に対して求めすぎだと思っているんだろう。ダメだと思ったらすぐにやり方を変えて、徹底させるしね。これは、自分の癖のようなものだが……悦郎は恋愛にも、と言った？」

立田の名前を出すべきじゃなかった。また失敗したな、と思いながら清泉を見ると可笑しそうに笑う。

「まぁ、言う通りだから、ここは肯定しておくよ」

彼が視線を上げた方向から、前菜が運ばれてきて目の前に置かれた。

「野菜とイベリコ豚のテリーヌでございます。使われている野菜は……」

料理の説明をしているが、半分以上耳に入っていなかった。フランス料理がどんなものか知っているけれど、こんなに綺麗に盛りつけられ、鮮やかな野菜のコントラストは初めて見た。

「いただいていいんですよね？」

陽子の言葉に苦笑した清泉は、手を軽く料理へ向けた。その手の角度も計算されたような仕草だ。

「どうぞ。君のそういう顔が見たかったんだから」

お箸が食べやすそうだと思った陽子は、自分の前に用意してある箸を手に取った。

そうして、先ほどの清泉の言葉を考え、一口食べた。こういう料理は苦手かもしれないと思ったが、すごく美味しくて感動する。

だから料理に集中して黙って食べていた。がっついていたかもしれないと顔を上げると、清泉と目が合って彼は笑って料理を口に運んだ。

話をしながら食べたりするのが普通なのだろうか。でも、彼は別にそんなことをしなくてもいい様子だった。ただ美味しいものを食べる時間を楽しむ。それも相手の好きなように。

「いつも、黙って食べているんですか？」

「相手に合わせる」

「……私が、黙って食べてたから、黙ってたんですか？」

「それはそうだけど、美味しそうに食べてる君を見てると、ここのメニューを強化してよかったと思ってね」

メインの肉料理は柔らかい。そしてもちろん美味しいし、陽子はきっとこの味を忘れないだろう。

「しゃべりながら食べる時もありますか？」

「それはもちろん。美味しい料理を黙って食べると、より味わうことができる。話をした方がいいのなら、いくらでも話をする」

「……例えば、どんな？」

ナイフとフォークを止めて、考え込む仕草をし、それから形の良い目が瞬きをした。

「このカニンガムホテル東京の魅力について語ってもらう、とか」

「それだったら、たくさん言えます。まず、ホテルの外観がすごく素敵です。高層ビルで、窓が鏡みたいになっていて。でも内装は、西洋のお城みたいな雰囲気があって。ロビーの椅子もフカフカ。私の部屋よりも広い部屋もベッドも最高で……」

陽子はそこで言葉を止めてしゃべりすぎたかな、と思った。黙って聞いている彼は笑顔を浮かべているけれど、こんな陽子の主観で話していいものかと思った。

「どうかしたかな?」

「いえ、しゃべりすぎたかと思って」

「別にそんなことない。もっと話していいよ」

彼はメインの料理を食べ終えている。陽子はまだちょっと残ったままだ。このあと、デザートなどがくるのならば、早く食べた方がいい。

「じゃあ、これを食べてから……」

「ゆっくりどうぞ。時間はある」

低くて、深みのある優しい声は、彼の容姿と合っている。初めて聞いた時と印象が変わらない。

ずっと聞いていたいな、と思えるような男の人の声。

でもこんなのは、やっぱり彼を目の前にすると、陽子にとっては高望みのような気がして。

最後の一口を食べて彼を見ると、ただ柔らかく微笑んでいた。

気難しいところがあって仕事に厳しい、と評判の人だけど。確かに立田の言う通り優しい人だと思った。

そしてもっと知りたいと思う。

天宮清泉という男の人のことを。

☆　☆　☆

このホテルは本当によくできているな、と思う。

プレジデンシャルスイートへは、エレベーター直通で行ける上に、そこしか部屋がない。そういう特別感が味わえるのが、とてもいい。

また、カードキーもそれぞれ部屋のランクでデザインと色を変えているし、ちょっとした優越感が味わえる。

「プレジデンシャルスイートの黒いカード、高級な雰囲気です」

「そうかな？　某クレジットカード会社を真似してるみたいに見えるけどね」

肩をすくめた清泉は、最初の出入り口である透明の自動ドアにカードをかざす。そして部屋の前に行くと、再びカードを使ってプレジデンシャルスイートのドアを開けた。

陽子たちハウスキーパーがここに出入りするには、この階専用のマスターキーが必要になるが、清泉が持っているカードと違って味気ないものだ。

部屋の中に入ると、もうすでに日が傾きかけていたがまだまだ明るい。都会の街並みを足元に見るそれは、何度見ても素晴らしいと感じた。

「本当に景色が良いです」

「そうだね、確かに。高層にプレジデンシャルスイートを作ったのには、この景色を見ていい気分に浸って欲しいからだそうだ」

「そうなんですね……確かに、優越感を感じる」

陽子が微笑むと、彼は静かに笑ってから口を開いた。

「カニンガムホテルロンドンの社長に就任した時、すごくプレッシャーを感じたよ。せめて母国の社長に、と心から思ったものだ。でも、それまでホテル近くのフラットに住んでいたのに、カニンガムホテルの一番いい部屋に住んでいいと言われた。社長なのだから、当たり前だと」

清泉は一度大きく息を吐き、それから陽子を見つめた。

「確かに優越感を得たよ。実際、自分が住んでいいとなると広すぎて、どう使えばいいかわからなかった。だが、社長になるということは、それなりにいろんな人と付き合うわけで。なんだかんだで、使うのに慣れてしまったな。やっぱりこの景色も、部屋の広さも、僕はある意味成功したのだと、心から思うよ」

彼の目は陽子から都会の景色へと移っていた。

ホテルの最上級の部屋を使うということは、それなりの身分にならないとできない。言い方が古臭いかもしれないけど、一番合っているのではないかと思うのだ。

カニンガムホテルグループは、幹部候補として入社する社員がいる。しかし、それは高倍率の狭き門だ。

「社長は、幹部候補だったんですか？」

「いや……それが、幹部候補試験に落ちてしまってね。当時、祖父ががっかりしていたが、落ちてしまったものはしょうがない。別の会社に受かっていたから、最初はそこに就職した。でも半年で辞めてしまって……最初は一般職としてカニンガムホテルに入ったよ」

「え……私みたいに、一般職、ですか？」

清泉は幹部候補として入社したのだと思っていた。だが、真相は違うらしい。

「そう、最初はね。そのあと、まぁ、いろいろあって……今のCEOのエドワードに気に入られて、結局もう一度幹部候補試験を受けたんだ。それで受かったあとは、会社の上層部に入って、経営側にまわった」

結局は幹部候補になったのだと聞いて、やっぱり、と内心つぶやく。しかし、よく幹部候補試験をもう一度受けたなぁ、と思った。陽子だったら、絶対にそういうことはしないだろう。

「私……大学院まで行ったと聞いていたので、卒業してすぐにカニンガムホテルに就職したのだと思ってました。違ったんですね」

「それは噂に尾ひれ、だな。どうせ、大学院を優秀な成績で、とか聞いたんだろう？　確かに、卒業する時はそれなりの成績で卒業したが、単位は必要最低限。当時は車での旅にハマっててね。自分で修理した古い車を乗りまわしていた」

少し声に出して笑いながら言うと、彼は時計を見て手を差し出した。

「アフタヌーンティーはいかが？　陽子さん」

「食べたいです」

素直にそう言うと、彼はうなずきダイニングへと案内した。清掃したことがあるので場所は知っているが、彼のあとをついて行くことが何となく楽しいし、ドキドキする。

恋をしたことがない。でも、恋をしてみたいと思っていた。今、彼に恋をしていいのかわからないけれど、心が感じるままに動いてもいいのではないかと思い始めている。

インターホンが鳴り、清泉は陽子をダイニングの椅子に座らせると、部屋のドアへと向かった。そうしてすぐに、アフタヌーンティーがワゴンに乗って届けられ、わざわざ食べに行かずにここでと思うと、心が高揚する。

テーブルにセッティングしてもらい、お茶を注いでもらう。すべてが終わると、スタッフの彼は一礼して部屋を出て行った。

「こんなゴージャスなアフタヌーンティー初めて。夜ご飯いらないかも……」

「確かにそうだね。一番品数が多いスペシャルなものを頼んだから。持ち帰りしてもいいよ」

「……本当ですか!?」

「もちろん」

きちんと箱を用意させると言われて、本当にこんなにしてもらっていいのかと思う。さっきのランチも、清泉が会計をしたので陽子はごちそうになったことになる。

「こんなにしてもらっていいんでしょうか……嬉しい反面、なんだか、夢みたいな気もします」

「君は、いつも癒されに来ていたんだろう？　こういう、喧騒を離れた非日常というのを求めて。そう思っているのなら、僕は君を喜ばせることに成功しているな」

陽子の横髪に触れて軽く撫でられた。ちょっとびっくりしたけれど、その触れ方が優しくてドキドキする。いつもこんな風に女の人に触れるのだろうか、という疑問が脳裏をよぎった。でも、違うだろうと信じたい自分がいる。

男の人とこんな風に二人っきりで過ごしたことがないから、余計にいろいろと頭で考える。でも、ただ清泉は、心ある人にしか、こういうことをしないように思えるのだ。

「君は髪の毛を下ろすと雰囲気が違うな、陽子さん。まとめた髪形もいいが、こっちも好きだ」

「そうですか？　仕事中は、きっちりまとめるのがここの規則なので……」

今度は横髪を耳にかけられて、心臓がものすごくうるさく音を立てている。

手を付けていないティーカップ。少しずつ冷めてきているだろう。でも今は、お茶を飲む気にもアフタヌーンティーに手を付ける気にもなれなかった。

「……すみません、社長……私、聞きたいです」

「なにかな？」

「社長は、どうして、私のことが気になったんでしょう。メッセージを置いているお客様なんてたくさんいると思いますし……ただの宿泊客だったし、普通だったら気にもしないはず。メイクも濃くしていたわけですし……ホテルスタッフだと気づいても、そのままスルーしてもいいことだったかと思うんです」

陽子の言葉に、清泉は口元に笑みを浮かべ、スコーンを一つ皿に取り分けて陽子の前に置いた。

「この部屋に女性を連れて来たのは初めてだ。君が好きそうなことを、一生懸命考えて、今ここにいる」

そうしてもう一つ、苺のプチケーキを皿に載せる。まるで給仕し慣れている振る舞いに、感心した。足音もしないし、ベッドメイキングはプロ級。素晴らしいホテルマンなのだと感じた。

「君のような、若くて普通の女性が、何度も一泊五万円を下らないホテルに泊まる。それは良いものに触れたいと思う心もあるだろうし、癒されたい気持ちもあるだろう。美味しい料理もきっと好きだ。人それぞれ楽しむ場所が違うのは当たり前だが、若干老成しているようにも見える」

彼は最後にフォークを皿の上に音をほとんど立てずに置いた。

「え？　老成……って、私まだ二十五歳ですけど」

抗議するように言うと、彼はただ笑みを浮かべたまま、陽子に言った。

「普通の若い女性なら、もっと外に出て楽しむべきだと思う気持ちが僕にはある。でも君はそれをしない。しなくても、君の好きなものがこのホテルに詰まっているからだ。クラブフロア以上の宿泊客は、無料でフィットネスも使えるし、アクティブに過ごせないことはない。つまり……君はこのホテルが大好き」

「そうです」

彼の言葉に即座に答えた。大好きなホテルで何もしないで過ごす。もし身体を動かしたかったら、フィットネスウエアがレンタルできるので、プールに行くなどの方法があるのだ。陽子にはそれで十分。

「まずはそこが気になったけど……君の字を見たり、手紙の内容を見ると、すごく心惹かれた。可愛い字で、このホテルが好きだと伝える素直さが、好ましいと思えた。そして、実際に会ってみて、ここのスタッフだとわかって嬉しかった。スタッフが、ホテルを気に入っているというのは最高だ」

そうして彼は少し目を伏せ、それに、と言った。

「君の仕事がとても気に入った。悦郎に言われて、君が素晴らしい仕事をするとわかった。自分の目で確かめて、試した。……知らずに、ホテルに泊まる君と、ホテルスタッフの君に、惹かれていたわけだ」

彼がにこりと笑った。その笑みは、女性スタッフが憧れる社長の笑顔だ。

陽子を一人の女性として認めてくれるような、そんな言葉をくれる。最初はあまり良い印象ではなかったのに、今は清泉という人をもっと知りたいと思う自分がいる。

テーブルの上の陽子の手に、清泉が手を重ねる。男らしい大きな手、高い体温、さらりとした感触。

陽子は息を詰めて、彼を見る。

「君の内面や心、そして女性らしい細やかさが好きだ。できれば、僕との交際を考えてくれないか？」

「あ……えっと……」

「できればでいい。前向きに」

陽子は付き合って欲しいと言われるのを予感していた。でもそれよりたくさんの言葉を重ねて告げられて、戸惑い、ドキドキする。

「社長、は、でも、その……」

「最高の部屋に住んでいたって、社長だという肩書を持っていたって、僕は君と変わらない。体温だって、脈拍だってほぼ同じ。ただ、君は女で、僕は男だというだけ」

それはそうだけど、と思って彼を見ると、笑みを消して陽子を見つめてくる。

「考えて、陽子さん。僕はきっと、君みたいな女性を探していたと思う。こんなに、自分が必死になるの、初めてなんだ」

天宮清泉は、カニンガムホテル東京の社長。

加えて背も高く、学歴も高いイケメンで、彼と付き合いたいというスタッフはたぶんたくさんいる。

でも、遠巻きに見るしかないのは、彼が社長で雲の上の存在だからだ。

そんな人が、ただの坂下陽子に好きだと言った。
ハウスキーパーで、カニンガムホテルが大好き、という以外取り柄がない陽子を。
何と答えていいかわからず、ただその手の温かさを感じていた。
大好きなアフタヌーンティーがあって、スコーンもケーキもあるというのに。
あまりにドキドキしすぎて、手を付ける気になれなかった。

7

陽子は必死に部屋の清掃をしていた。それはもう、念入りに一心不乱に。

そうしないと、頭が茹で上がり蒸気がでそうな具合だったから。

「陽子ちゃん、今日仕事が早いわね」

ワゴンを押して部屋を出たところで久代から話しかけられ、陽子は茹で上がっていた頭のまま振り向く。

「仕事していないと、いろいろ無理なんです」

「あら、ブルースターをもらって、ますます充実しているかと思ってたんだけど……どうかしたの？」

「いえ、何もありません」

何もないと言いながらうつむき、お腹のあたりで両手を組んだ。その手にギューッと力が入るのを感じて、勢いよく顔を上げて大きく息を吐く。いつの間にか呼吸も忘れていたらしい。

「どうしたの……？　顔、なんだか赤いよ？」

「そう、ですか。ちょっと呼吸忘れてて……」

「何かあるなら相談に乗るけど？　悩み事があるなら、言ってみて」

「何でもないんです。大丈夫です。心配かけてすみません」

頭をバッと下げると、陽子はワゴンを押して久代の横を通り過ぎる。

とにかくチェックアウトした部屋はまだある。その仕事に集中していれば、と思いながら陽子は次の部屋へと向かい、マスターキーで部屋を開けた。

そうしてよりにもよってその部屋は、なんだかとてもグチャグチャだった。直前までナニをしていた、という感じに乱れまくっている。そしてゴミ箱の中はティッシュの山。その中に何が入っているのか見たくない。

「私も成人女性。だから、わかるけど……わかりすぎるくらいわかるけど……なんでこんな時に……」

陽子は膝が折れてしまいそうなのを必死で抑え、手袋を装着する。

こんなものが気になるのも、きっとこのカニンガムホテル東京の社長に口説かれたせいだ。

「なんで私のことが好きなの？　意味わかんない、あんなイケメンが……あんなに住む世界が違うような人がなんで」

社長のことは遠くから見ていた。イケメンで、隙なく上等なスーツを着こなしている人だと思っていた。そして仕事に関してはすごく真摯で、大変な改革も行った。だからこそ辞めたスタッフも多いのだが、明らかにカニンガムホテル東京の業績は伸びた。

それこそ、世界一の称号を手にするほどに。

「そんなにすごいことをやってのける人がどうして……私ただのハウスキーパー……」

今のホテルの前はウエイトレス。昇給もなくただ席に案内をして、お皿を片づけて、バイキングの料理を補充したりしていた。

そんな自分が、カニンガムホテル東京に就職できた時とても嬉しかった。だから、その社長に口説かれる事態は、正直人生の転機と言っても過言ではない。

あまり卑屈にはなりたくないが、本当にわからない。

そして自分もまた、カニンガムホテル東京の社長、天宮清泉に惹かれている。

「だって、イケメンだし、声優しくて良いし、背も高いし……このカニンガムホテル東京をさらに良くした人だし……」

彼の改革に反発があったのは良く知っている。仕事の内容が大幅に変わった職種もあり、不満を口にしながらも辞めていったスタッフもいる。それでも社長は方針を変えなかった。

『このカニンガムホテル東京は、すべてが遅い。人もシステムも、変革が必要。気に入らなくて辞職するのであれば、次の就職先もしっかりと手配する』

辞職をしたホテルスタッフへの対応は、素晴らしかった。就職一年に満たないスタッフへも、わずかながら翌月までの生活ができるよう退職金を出したし、次の就職率はほぼ百パーセントだった。もちろん拒否したスタッフもいるが、それは極少数だ。

とにかく彼は、どれだけのことをやってきたかを振り返っても、すごいとしか思えないのだ。

ランチを一緒にした昨日、手を付ける気になれなかったアフタヌーンティーをそのままに、陽子は立ち上がってそこをあとにした。

「だって、手、握られちゃったし」

床にしゃがみ込んで、顔を膝の間に埋めた。

ゴミ箱を空にして、シーツを替えて、掃除機をかけて、とやることはいろいろある。もちろん浴室もチェックしないといけない。そこで大人な行為をしたかもしれないし、そうだったらきっとゴミがありそう。

「美味しそうなアフタヌーンティーだったのに。しかも社長を目の前にして、急に逃げ出すなんて。非常階段を使ってまで慌ててさ……」

「そうか、非常階段……それは失念していたな」

バッと顔を上げて横を見ると、部屋の入り口あたりに清泉が立っていた。あたりを見まわしながら陽子のそばまでやってきて、スラックスを少し引っ張りながら彼もしゃがみ込んだ。

「やあ、おはよう」

「おはようございます」

「ゴミ箱の前で何をしている。中身に興味があるのかな?」

無言で首を振ると、清泉は軽く笑ってゴミ箱をチラリと見た。

「ここの宿泊客は、イイコトしたあとか」

「………です」

「羨ましいな。僕は何もしていないのに、好きな人に逃げられた」

「手を、握られましたけど」

彼は陽子に視線を流すと、フッと笑って頭を撫でた。しっかりとまとめている髪の毛が少し乱れてしまうほど。

「なに、するんです」

「いや、可愛いな、と」

そう言って立ち上がった彼は、陽子の清掃ワゴンの上から手袋を取った。そうして手際よくゴミ箱のゴミを袋に入れて、浴室へ行く。そこのゴミも回収したらしく、袋の口を固く縛った。

手袋を外して陽子を見るその目は、微笑んでいた。自分も立ち上がり軽くスカートの裾を直した。

「その、仕立てが良さそうなスーツ、汚れますよ？」

「ゴミを回収しただけだから平気だ。バスルームでもイイコトしてたらしい」

クスッと笑った彼は、ゴミ袋をワゴンに取り付けてある、ダストボックスに入れた。

彼がイイコトと言うと、今の陽子には冗談に聞こえない。

「そう、ですか……社長は、足音しないから、そばに来てもわからないです。良ければ近くに来る前に、声をかけてくれますか?」

陽子が彼を見上げて言うと、笑ってうなずいた。

「承知しました」

その言い方が何ともわざとらしく聞こえて、陽子は下唇を噛んだ。

「手を握るのは、怖かったかな?」

常に優しい笑顔を浮かべているような、整った顔立ち。それを見るたびに、陽子の胸は落ち着かない。

「そういうわけでは……」

顔を逸《そ》らして目を伏せると、彼は陽子との距離を詰めた。後ずさることはしなかった。というか、そうしようと思わなかった。彼に惹かれている事実から、目を背けたくない。

両肩を包む大きな手、昨日と同じ高い体温。その手が陽子の肩を引き寄せ、そのまま肩甲骨のあたりと腰近くにまわされた。

男の人に抱き締められるのは二度目だ。心臓がものすごい音を立てている。身体で感じる彼の体温は心地よく、まるで守られているようにも感じた。

この胸を手で押し返せば、きっと清泉は陽子を離してくれるだろう。自分の手を清泉の胸にそっと押し当てたが、上手く力が入らなかった。上質な布地に指先で触れて、その襟あたりでキュッと手を丸めてしまう。

彼からいい匂いがして、それだけで頭がくらくらした。

「細いな、君は」

彼の指が肩甲骨のあたりを撫でる。確かに陽子は細身で、あまり胸もない。不摂生はしていないが、生活を切り詰めている。もっと食べれば、と思うけど、生来少食なのであまり食べられないのだ。

「嫌じゃない？」

陽子はただうなずくしかできなかった。身体に力が入るのは緊張しているから。でも、この腕の中は本当に心地よくて、うっかり身体のすべてをあずけてしまいそう。

「だ、抱き心地、悪いんじゃないですか？」

きっと、彼の身体に陽子の心臓の鼓動が伝わっているだろう。あまり密着するのは、恥ずかしい。だからどうにか少し胸を押すと、清泉は抱き締める腕に力を込めた。

「この腕に収まる感じ、気持ちいい。それに、女性だから、柔らかい」

そうして、陽子の肩をさらに自分の方へ寄せた。ささやかな胸がギュッと彼の身体に押しつけられ、顔が熱くなる。

「え、エッチ、です！　離してください」

清泉の胸を押すが、もともと力を込めて抱き締められているから、離れない。もう、と思って彼を睨《にら》んだ。陽子の身長は彼の肩あたりまでしかない。睨み上げても、そんなに迫力はないだろう。

「男だからね。好きな人の身体をこうやって堪能するのは好きだ。それより君は、僕のことをどう思ってる？　正直に言って欲しい。こうやって君に好意を示すのは、迷惑かな？　陽子さん」

彼の目が柔らかく陽子を見つめた。こんな視線を男の人から向けられるのは初めてだ。心臓がこれ以上ないくらい、速く鳴っている。清泉の強い目から、陽子は視線を外して目を伏せた。

「迷惑な、わけ、ないです」

「じゃあ、どうして逃げた？　正直傷ついたよ」

彼の声が少し低くなった。それは本当だろうか、と陽子は手をさらにキュッと握り締める。

「私は前のホテルにいた時、ウエイトレスでした。そしてやっと就職したこのカニンガムホテル東京ではハウスキーパーです。そんな私が、なんで社長みたいな人に……口説かれるのか、わからないんです。卑屈には、なりたくないけど……どうしても、信じられなくて、逃げてしまって」

そうして一呼吸置いて、心を落ち着かせた。

自分の気持ちを正直に言っていいのか、迷いがある。でも、自分は前向きで、きちんと言いたいことを言えるはずだ。

「すごく素敵な人だと思ってました。ああ、カッコイイなぁ、って。声をきちんと聞いた時、優しくて深みのあるいい声だって思いました。綺麗な目元も圧倒されるし、お仕事だってすごいとわかってます。だから、自分が社長に惹かれているそれは、本物だけど……私は、いいんでしょうか？」

こんな言い方じゃ全然伝わらない。

しどろもどろに言葉を羅列するのが精一杯で、下唇を噛む。

「陽子さんは、僕が好き？」

好きか嫌いかだったら好きだ。絶対に嫌いとは言えない。こうして抱き締められている今、もうこの人のことしか考えられないし、もっとこのままでいたいと思う気持ちだってある。

なんでこんなに気持ちが傾いてしまったのか、と自分でも不思議。ただ、どうしようもなく惹かれる思いは、止められない。

「はい。……でも、私、この年にしてものすごくお子様、で……」

「僕がもっと大人にしてもいい？」

その言葉に、とうとう陽子は彼の胸にゴンと音がしそうな感じで、ぎゅっと額を押しつけた。

「そんな言葉、やめてくださいよ……アダルトなやつは無理なんです」

「これのどこがアダルトなんだか。僕の言ってる意味わかる？」

彼は可笑しそうに笑い声を上げながら、陽子の顎に手をかけて上を向かせた。

「子供を口説いているつもりはないんだが」

その言葉に反応して顔を上げる。

「そんなの、わかってます。私だって成人女性です。子供じゃ、ないですよ」

「そう。君は卑屈にならなくていいくらい、素敵な女性だ、陽子さん」

素敵な女性という言葉に、陽子は目を瞬かせた。

「社長と言っても僕は雇われだし、王様にも王子様にもなれない男だ。だから、君を本当のお姫様にすることはできないし、すべてがパーフェクトな人間じゃない。僕はほんの少し、人と違うことをして成り上がっただけの、普通の人間だ」

「そんなこと……」

「これも卑屈に入るかな?」

にこりと微笑んだ彼の、その優しい表情が好きだと思った。

天宮清泉はカニンガムホテル東京の社長だ。低迷したホテルを立て直すためにやって来た、と聞いている。もし立て直しができずにいたら、ここまで素敵なホテルにはならなかっただろう。プレッシャーもあっただろうし、スタッフの反発もまた、彼の心を痛めたはずだ。

「どうか、僕とお付き合いしていただけませんか?」

優しい声で情熱的に告げられ、陽子の胸はどくんと高鳴った。

憧れの人からこんな風に言われて、首を横に振る女がいたら教えて欲しい。

「いいです、けど、私……この部屋でカップルがしたコト……するんなら、痛いのは絶対嫌です！」

自分でも何を言っているんだ、と思う。けれど、怖いのだ。こうやって抱き合うことができても、急に大人になることは無理だった。

清泉は陽子の言葉に少し目を見開き、口を開けた。何度も瞬きをしているそれは、明らかに驚いた表情だった。

「正直に言えって言ったじゃないですか……」

「ああ、言った……言ったけど……君は面白いな」

そう言って噴き出したいのをこらえている様子だった。確かにこの距離で噴き出すのはやめて欲しいと思う。

「まさかそんなことを言うとは。きちんと考えているんだね、陽子さん」

笑いをこらえて、彼は陽子の頬に手を伸ばし、包み込む。

「僕と裸で抱き合うことを」

確かにそうだけど、口に出されるとものすごく頬が熱くなる。陽子は唇を震わせて、視線を横に逸らす。

「努力させていただきます。痛くないように、ね」

耳元でそう囁かれ、陽子は目を閉じた。清泉の吐息を感じて、呼吸が一瞬止まる。

頬を包んでいた手が、少しだけ横を向いていた陽子の顔を正面に戻す。見つめ合う形になり、陽子はさらに心臓が高鳴り、彼に聞こえているだろうことに恥ずかしさを感じる。

「このくらいで顔を赤くして、めちゃくちゃ、胸がドキドキしてるのを見て、笑ってませんよね？」

「笑うわけない。僕も同じだ。手を開いて」

言われるままにギュッと握り締めていた右手を開くと、彼はその手をジャケットの内側にスッと滑らせた。何をさせるの、と思ったがそこから伝わる鼓動を感じて陽子は清泉を見上げた。

「ドキドキしてるよ、陽子さんに」

彼は瞬きをして、陽子に顔を寄せた。唇の近くで一度動作を止めて、それから目を閉じたあと下からすくい上げるようにして、ゆっくりと陽子の唇に自分の唇を重ねる。

小さく音を立てて離れて、清泉は一度陽子の下唇に触れた。

キスをした、という事実に顔が炎のように熱くなり、ボッと音を立てそうだった。

「き、キス……したっ！」

「ああ、そうだね。……その反応、悪いことした気分だ」

いつまでも彼の胸に手を当てていたことを思い出し、陽子は自分の唇を手で覆う。

「初めて、なんですけど！　こんな、仕事、中に……この、カニンガムホテルで……」

陽子はちょっとだけ夢見ていた。

好きな人とこの素敵なホテルで食事をして、ロマンチックなひと時を過ごすんだ、と。

確かに、その通りになっているけれど。実際そうなると恥ずかしく、まさかこんなにドキドキしてなんとも言えない気分になるとは思いもしなかった。

仕事中に、ラブロマンスでもあるまいし。こんなことが、陽子の身に起きるなんて。

「社長は、悪くないですけど……私、こんな……ううっ！」

抱き締められたまま両手で顔を覆うと、彼は笑って陽子の手を片方ずつ顔から剝がした。

「僕も、ホテルスタッフに手を付けるなんて、思わなかったよ。でもいいな、こういうのも……仕事中にラブシーン。しかもホテルで、何をするにもスリルがあっていい」

そうして陽子の手のひらにキスをしたあと、彼はもう一度顔を近づけてくる。

「しばらくキスで我慢してあげよう。君が僕を欲しがるまではね」

なんてことを言うんだ、と陽子はさらに顔が熱くなるのを感じる。これでは焼死してしまいそう、と思うくらい、心臓がものすごい音を立てている。

「社長、もう、やめてください、その、言葉とか……」

「僕は清泉だ、陽子さん」

「そんな、急に呼べませんよ」

再び小さなキスをされて、キュッと抱き締められた。息を詰めた陽子に、端整な顔をした彼は優しい笑みを浮かべた。軽く目を細めたかと思うと、瞬きをして陽子の目をしっかりと捉える。清泉の綺麗な目を縁取る睫毛も美しかった。

「清泉、言って」

「それはいきなり、無理ですよ、天宮、さん」

陽子なりに一生懸命、彼の苗字を呼んだ。いきなり呼び捨てはハードルが高い。

「……まぁ、いい、それで。二人の時は、社長はなしだ。いいね？」

何度もうなずくと、彼は今度は食べるかのように、陽子の唇を自身の唇で覆った。そうして吸われ、啄《ついば》まれるうちに、口に隙間が空き、そこから清泉の舌がゆっくりと入ってくる。

最初は顔を引きそうになったけれど、彼の手が優しく後頭部をホールドし、舌を吸われる頃には身体をあずけきっていた。

何度も舌が絡んでいるうちに、頭がボーッとなってくる。そして、いつの間にかギュッと握っていた手が開き、彼のジャケットの襟に手を這わせ、そこを摑んだ。でも、そうしても身体が心許なくて、陽子は彼の肩に手を置き、そこを握り締めた。

角度を変えながらの長いキスに酔いしれ、変な気分になってくる。腰が崩れ落ちそうな、どこかお腹が疼くような、なんとも言えない身体を縮めたい感覚。

「ん……っあ！」

彼はそれがわかっているかのように、陽子を抱き締め直した。膝がカクン、と少しだけ折れると清泉は陽子の膝に自分の足を入れて軽く抱きかかえて一歩進んだ。

すでに力が抜けてきている陽子は、ベッドの足元に自然に座ってしまう。そのまま身体が勝手に倒れ、清泉の首筋に手をかけて、キュッと抱き締めていた。

「う……っん」

身体の重みを感じているようで、感じていない感覚。濡れた唇から飲みきれない唾液が零《こぼ》れ、何も考えられなくなってしまう。

そうして、少し強く唇を吸われ、音を立てながら離れていく。

彼の手が陽子の脇腹を撫でる。その温かい感触が少しずつ上へと移動し、胸にいき着いた。

キスをされながら、そこをゆっくりと優しく揉み上げられる。

「柔らかい胸だ」

「あっ……」

甘い声が出たところで、もう一度唇を重ねられる。

「欲しい感覚がわかった？」

彼はにこりと笑ったあと陽子から身体を離した。そうして起き上がって、陽子の腕を摑み背に手をまわして、抱き起こす。

いつの間にか立たされ、乱れたエプロンをスッと直された。自身の歪んでいたネクタイも軽く締め直して、髪の毛を軽くかき上げると、隙のないカニンガムホテル東京の社長となる。

「さて、仕事に戻りましょうか、坂下さん」

さっきまで、ラブなことをしていたようには思えない。口調も、声も元通りだった。

「清掃の続きをしなさい。この部屋を出る時は、その赤い顔と乱れた髪を直して出るように」

「……あなたのせいじゃないですか、社長」

余裕を見せる清泉に陽子は追いつけない。

「ああ、そうだね。でも、君も僕も仕事中だ。公の場でいたしたことは隠して、プロに徹するのが大人だと思うけどね。乱れた髪、赤い顔、君だってナニをしていたか想像されるのは嫌だろう?」

いたずらっ子のようにクスッと笑った彼は、優しいのか、それともちょっと意地悪なのか。

「有意義な時間だった。愛してるよ、陽子さん」

そう言ってこめかみにチュと音を立てて唇を押し当て、さっさと背を向けて部屋を出る。

陽子は呆然とし、大人の付き合いってこういうものだろうか、と思いながらその場に座り込んだ。

長いキスのせいで身体の疼きがとれない。下半身にはなんとなく違和感もある。

「こ、れって……」

やだ――――っ、と心の中で叫びながら頭を振って清泉を追い出す。

「あの人、めっちゃエッチだ!」

陽子に男の免疫がないから余計にそう思う。キスだけでこんなに感じさせられ、ベッドに押し倒されてもう何が何だかわからない。

誰かに質問したい、でもできない、と陽子の心は支離滅裂な感じ。

「一気に大人に、しないで……」

もう仕事なんてできない、と思いながらしばらくそのまま動けない陽子だった。

8

「私がバンケットスタッフ、ですか？」

「坂下さんは、前の職場で経験があるんでしたよね？」

天宮清泉の秘書、添島零士《れいじ》にバックヤードに呼び出された。そうして言われたのは、今度行われるカニンガムホテル東京の世界一を祝うパーティーで、バンケットスタッフをして欲しい、ということだった。

本来なら早くにパーティーをしたかったが、やや遅れたとのこと。

まだ一週間以上先のことで、きっとそれは華やかなのだろう。しかし、陽子たちには関係ないこと。祝いに訪れる本社の役員も多いらしく、むしろその場にいない方が望ましい。けれど、少しぐらいパーティーを見てみたい気持ちもあって、経験のなさとせめぎ合っていた。

「当日は、本社以外の方々も来られることになりまして……人手が足りなくなったわけです。プラス五名ほどかき集めなくてはならなくなったのですが、シフトの関係上無理があるので、できたら、と」

「……でも、私は……バンケの教育を受けてませんし……」

前職がウエイトレスだったとはいえ、大人数のパーティーをこなすバンケとは大違いだ。その場限りだったら何とかなるかもしれないが、陽子は自信がなかった。

「それは承知の上です。あなたの上司の立田も経験があるので、彼にもバンケットスタッフをしてもらう予定です。基本の教育を彼にお願いしていますから」

立田はカニンガムホテルグループに勤めて長く、他部署も経験しているから心強い。しかし、どうして陽子みたいな入社して二年目の社員を、と思う。

「私、まだ入社してやっと二年目です。もっと経験がある方、いらっしゃるんじゃないでしょうか？」

「まぁ、それはそうですが……」

言葉を濁す添島を見て、やっぱりね、と思う。わざわざ陽子を指名しなくても、バンケット部門を経験したスタッフはいるはずだ。

「社長は本日夕刻からフランスへ出張で、パーティー当日まで留守にします」

「そう、ですか」

陽子は今まで知らなかったが、社長はときどき出張に行っているらしかった。アジア圏、ヨーロッパ圏にあるカニンガムホテルの視察を頼まれたり、会議に出席するなどしているらしい。内容はわからないけれど、きっと難しい仕事に違いない。

パーティー当日まで留守にしてそのまま出席なんて、疲れているだろうな、とぼんやり考えた。

「あなたが当日バンケットスタッフをしていたら、きっと天宮の疲れも飛ぶかと思いまして」

「はっ!?」

「ここ最近、フッと消えることがあるので苦言を言ったら、あなたと会っていると聞きました。急に消えても天宮は完璧に仕事をこなしたあとなので、構わないと言えばそうなのですが……その理由が好きな人ができたからだなんて、正直驚いています」

コホン、と小さく咳払いをした添島は、気を取り直して笑みを向ける。

「まさかあの人に限って、と思いましたが……仕事中にやるところが本気なのだな、と妙に納得しました」

まるで長年の付き合いのような言い方をする添島に、陽子はただ緩く笑って見せた。そして大きく息を吐いてから口を開く。

「確かに、社長は仕事の合間に私と会うことがあります。でも、プライベートとお仕事をごっちゃにするのは、いけないいんじゃないか、と思います」

「その通りです」

きっぱりと言った添島は、大きくため息を吐き、肩を落とした。

「だから、あの人に限って、と言ったでしょう？　少ししゃべりすぎましたが……とにかく、お願いしたいんですが。引き受けていただけませんか？」

そんなこと言われても、陽子はただのスタッフだ。このホテルの上の人からそう言われて、嫌だと言える立場ではない。

「立田さんが、きちんと教えてくださるなら……」

「それは、もちろんです。引き受けてくださってよかった。よろしくお願いします」

添島が頭を下げて、にこりと微笑んだ。彼もまた整った顔立ちをしているので、直視できない。が、彼は清泉と違って左手の薬指にキラリと光る指輪がある。

また、添島はどこか事務的な話し方をするから、ちょっととっつきにくい感じ。

「天宮の喜ぶ顔が目に浮かびます」

それは本当だろうか、と思いながら陽子もまた頭を下げた。

「できないこともあるかもしれませんが、よろしくお願いします」

「ブルースターを取るほどの坂下さんなら、大丈夫です。では、私はこれで」

そう言って背を向けていく姿は、背筋がピンとしていてカッコイイ。もちろん添島もホテルスタッフに人気があり、あこがれている人も多い。既婚者でもいい、という人もいる。

「でも……なんか違うんだよな。素敵なんだけど」

背の高さが違う、物腰も違う。あの人はもっと涼やかな感じがするし、仕草が洗練されている。立っているだけで素敵なのは一緒だが、歩き方も背中から漂う雰囲気も違う。

「違う人だから、それは当たり前なんだけど」

清泉は骨格が整っている気がするのだ。それに、顔立ちもどちらかというと、添島よりも清泉の方がはっきりとしている。どこから見ても日本人なのに、どこかヨーロッパ系の雰囲気もある。

「服？　スーツの感じのせい？　細身なのに、がっしりとした男の人の身体って感じで……」

思わず手で彼の身体を抱き締めるような動作をしてしまい、ハッと我に返ってそのまましゃがみ込んだ。

「キスしたんだよね……しかも、押し倒されて……信じられない」

両手で顔を覆い、彼の言葉を思い出した。

『欲しい感覚がわかった？』

カーッと身体も熱くなってくる。身体の妙な疼きと、なんだか違和感を覚えた下半身。

彼はきっと大人なことが上手いのだと思う。慣れていない陽子なんて彼のペースに乗せられ、イチコロだ。

キスの熱い感触やいつまでも唇が触れ合っているような感じは、お子様な陽子には刺激が強すぎた。

しかもお付き合いして、と言われて、はい、と答えた陽子。

「ヤバいな……次会ったら、抱かれるとかないよね？」

まさか、と思いながらまだ仕事が残っているので立ち上がる。

しかし目の前の仕事に集中しても、初めての異性とのお付き合いというものに、妄想を止められなかった。

☆　☆　☆

ホテルで華やかなパーティーが行われる当日。

陽子は着慣れないバンケットスタッフの制服に腕を通した。前日に制服のフィッティングをしたのだが、パンツスタイルのそれは一番小さなサイズでも腰回りが何だか大きい感じ。ベルトを使うにしても、ちょっと女子としては貧相な気がした。

白いシャツに黒のベスト、同色のクロスタイとパンツ。腰には黒の長いギャルソン風のエプロン。歩きやすいようになのか、エプロンの前面には深くスリットが入っている。

「カッコイイ制服だけど……私が着ると、本当に、貧相……」

エプロンを巻くから余計にペタンコのお尻が目立つ気がした。エプロンを緩めれば、と思ったが、緩めると落ちてくるので少しきつめに結ぶよう、先輩スタッフから言われた。

上司の立田から受けたバンケットスタッフ修業は、当初は困難だった。

皿の下げ方から持ち方、飲み物を提供するタイミングや、バンケ内の自分の担当位置などを教えてもらった。が、まず皿の持ち方が腕まで使って、というのが上手くできず、陽子は昔の勘を取り戻すのに時間がかかった。

『天宮さんは片手に皿を二枚持って、腕にも載せることができるよ。あの人は一通り、ホテルスタッフの仕事できるからね』

陽子はよく知らなかったが、幹部候補となったら、二年間は各部門をローテーションするらしい。その中で技術を学び、その技量を完璧にこなすことができるくらい、厳しく指導されるとのこと。しかも、誰もが必ずニューヨークで勤務する。そこはカニンガムホテル発祥の地で、本家と言われる場所だ。

確かに彼は、ものすごくゴミの集め方の手際が良かった。何よりベッドメイクの技術は陽子より素晴らしいと思う。しかし、それ以上のことができるなんて、まるでスーパーマン。

幹部候補試験に合格しても、カニンガムホテルグループで社長まで上りつめるのは、ほんの一握り。いくら四世代続くカニンガムホテル勤務とはいえスゴすぎる。

しかも、まだ若いうちに。

『そのうち、またどこかのホテルの社長に就任すると思う』

立田に指導されながらポツポツと清泉のことを聞き、やっぱりなんでだろうな、と思った。

「この私のどこに魅力が……胸が柔らかいってさぁ……」

自分の胸に手を置き、軽く触ってみる。どう見ても大きくないのだから、と首を傾げる。それに、この本当に柔らかさの欠片《かけら》もないヒップライン、おまけに二の腕は骨っぽい。

「坂下さん、準備できた？」

立田が更衣室のドアをノックし呼びに来たらしい。陽子は返事をしながらドアを開けた。

「すみません、着替えるの遅くて」

「いや、そんなことないけど……」

立田は陽子のバンケットスタッフ姿を上から下まで見て、にこりと笑う。

「坂下さん、細いと思ってたけど、その制服だともっと細いのが強調されるね。もう少し、ご飯食べたら？」

どの人からも言われるセリフだ。あまり食べられない体質だし、食べすぎたらお腹を壊すこともしばしばあるので、気をつけなければならないのだ。

「わかってますけど、体質なんですよ。細いのは一番私が気にしてます」

あの人にもそんなことを言われた。その上で清泉は陽子を抱き寄せ、柔らかい、と言ったのだ。

『この腕に収まる感じ、気持ちいい。それに、女性だから、柔らかい』

思い出して、身体が熱くなるのを感じ、懸命に彼の声を追い払う。

「そうだね、ごめん。僕もお腹が出てきた感じがしてね。天宮さんくらい運動するといいんだろうけどさ」

体型の悩みは尽きないよね、と言いながら会場に向かって歩いて行く。それについて行きながら、清泉は運動しっかりしているんだな、とぼんやり考えていた。

まだ会場には誰もお客様が来ていない。そこでバンケットスタッフ全員が集まりミーティングする。陽子は受け持ちのテーブルを指示されたあと、パーティーの中盤からはトレンチの上にグラスを載せてまわった。最初は食べても、あとは酒を飲むことが多くなるだろうからだ。

とにかく、メモ帳にパーティーでの段取りをメモし、注意事項もメモした。細かい指示は必ずするから、と最後に締めくくられ、慣れていない陽子にバンケットキャプテンはできるだけ近くにいる、と言ってくれた。それだけで心強い感じがする。

「僕もいるからね」

立田にポンと肩を軽く叩かれて、陽子は今日も頑張ろうと気合いを入れた。そうやって、決心していると立田が聞きにくそうに、ねぇ、と声をかけてきた。

「……坂下さんって、天宮さんと付き合ってる？」

立田の言葉にバッと上を見て首を横に振ると、彼はただ笑った。

「なんでそんなことになるんですか⁉」

「だって、天宮さんが仕事中なのに、君に会いに行くから。あの人にあからさまに関係を聞けないけどね。ほら、君は僕の部下なわけだし、聞きやすい。それに、添島さんが君をバンケットスタッフに、ってわざわざ僕に言いにくるから」

付き合ってくださいと言われて肯定の返事をしたのだから、確かに付き合っているのだろうと思う。

あれ以降、陽子が一人で仕事をしている時に、彼はやってきて軽く会話をし、それからキスをされていた。

でもそれ以上のことはない。甘い時間を少しだけ過ごして去って行く。清泉の濃厚で痺れるようなキスに、いつも陽子は翻弄され、酔いしれてしまう。

彼とはメールもＬＩＮＥも、電話番号さえ交換していない。清泉は社長なのだから、ちょっと調べれば、陽子の電話番号くらい、わかるだろうけど。

それに、清泉は出張で一週間以上いなかった。その間、ただ陽子はいろいろと考えるだけ。

「経験のない坂下さんを、添島さん自らってのが、ね。しかも教育してくれって頼まれるし……あの二人は大学からの付き合いで、信頼関係が半端ないから」

ちらりと陽子を見る立田の視線を受けて、陽子はうつむいた。確かに、清泉の秘書が陽子をバンケットスタッフにというのは、不自然だと思う。カニンガムホテル東京でバンケットスタッフの経験もなく、まだ入社して二年目の陽子に、そんなことを頼むのはちょっと違うだろう。

「……よくわかんないです。本人に聞いた方が良いと思いますけど」

「…………マジなのかぁ」

しばらく間をおいて、息をのんでそう言う立田を見て、陽子は激しく首を振った。

声を抑えて、けれど強く訴える。

「違うんですよ！　その、本当にわかんないんです！　まだ何もないし、してないし、それに……もう、そうやって言うのやめてください……私、混乱してるし、本当に、わかんないので」

眉を下げて困ったようにうなだれる。立田は陽子の頭の上でため息を吐き、腕を組むのが見えた。

「びっくりするなぁ……天宮さんが坂下さんを、ってちょっと意外」

「どうせ、私は普通にそこら辺にいる並みな顔をしてますよ……」

陽子はいじけた。が、そうじゃなくて、と言って立田が肩をすくめる。

「天宮さんは、絶対に君みたいな人には、遊びなんかで手を出さないとわかってるから。それに実際のホテルスタッフには自らいかないっていうか……だから、よっぽど……ねぇ」

さらにいじけたのは、こっちがわかんないよ、という表情で立田に見られたからだ。

「どうせ、貧相な……栄養失調みたいな身体ですよ……魅力なんてどこへやら、です」

「違うって！　君、結構可愛いよ。ちょっと痩せすぎだけど。それはさておき、坂下さんはすごく勤勉で、頑張り屋さんで、仕事もできる。だからブルースターになった。天宮さんは君のようなホテルスタッフには、長年働いて欲しいだろう」

陽子が顔を上げると、立田は肩を落として腕組を解いた。

「その、上手く言えないけどさ……そういう人は、ホテルに必要で大事にしなければならない人。このカニンガムホテル東京のスターを獲得する優秀なスタッフに、恋愛仕かけるなんて、普段の天宮さんにはできないよ」

陽子は立田の言うことに、何も答えることができなかった。

つまり、天宮清泉という人は、ホテルスタッフと恋愛なんか絶対にしない。それよりもホテルの将来を考えてしまう、ということだろうか。

「わかってくれると助かるけど」

「私の容姿がどうのこうのではなく……?」

「そう! 気難しいけど、性格がというより経営者として、と言うべきかな。こうあるべき、っていうのを作ってて、それを守ってるだけ。それから逸脱してるのが、坂下さん」

陽子が瞬きをすると、さらに肩を落とした立田が笑みを浮かべる。

「なんでだろうなぁ、って思った。しかも、坂下さんの居場所を、わざわざ足を運んで聞きにくるなんて。君のこと、ブルースターに昇格させる前までは、全く知らなかったのに。何か天宮さんの心に、触れたのかな?」

そんなこと私が聞きたい、と陽子はいつも考えている。人の心なんてよくわからない。

ただ、カニンガムホテル東京が好き。だからお金をかけて宿泊していた。このことは立田も知らないことだ。陽子は立田と客としてすれ違ったことがあるけれど、彼は気づかなかった。

それに、きっと陽子が毎回置いて行く手紙のことも知っているはず。見たこともあるだろうと思う。でも彼は、何も言わないし、陽子の筆跡と似ているとも思っていなかった。

天宮清泉だけが気づいたのだ。宿泊客、小泉陽子が坂下陽子だと。

立田の話を聞いて、そして清泉だけが気づいた陽子の存在を思うと、胸がキュッとなる。惹かれないわけがない。

あんなに素敵な男の人は、陽子の周りにいなかった。

「私……付き合っていませんよ。だって、連絡先なんか、知らないし。今日帰ってくるのかもしれませんけど、何時に帰ってきてどうするのかも、知りませんし」

惹かれているけれど、陽子は彼のことを知らないのだ。何かを伝えたくても連絡先さえ交換していない。

この前だって陽子の仕事中に現れてキスをして。でも、出張のことは言ってくれなかった。

「そっか、でも、天宮さんは坂下さんのこと……」

「知りません。よくわかんないです」

そう言って陽子は立田を見上げた。

「トイレ行ってきます」

「……行ってらっしゃい」

立田に背を向けると、陽子は女子トイレに向かった。そこで大きく息を吐いて、とりあえずトイレのドアを閉めて、そこに座った。

「こんなに私は必死で考えて、いろいろ妄想してるっていうのがバカみたいだ」

電話番号を調べられるならかけてくれてもいいのに。

本当はこの一週間と少しの間そう思っていた。

でも、もともと友達の少ない陽子のスマホは、ときどき楽しそうなＬＩＮＥが来るだけ。

「なんなの、もう……人のファーストキス、奪っておいて」

そうして、思い出すキスの感触。

陽子はしばらくトイレから出られずに、また考えが巡り出すのだった。

9

パーティーに人が集まってくると、陽子たちは途端に忙しくなった。

まず、集まった人々のためにアペリティフをトレンチに載せて歩きまわり、彼らの視線を見つめながら求めている人を見つけてまわった。

食前酒だというのに、何杯も飲む人だっていた。たいていが外国の客人で、すごいな、と思う。陽子だったらきっとアペリティフで酔っ払っているだろう。

日本人と外国の客が半々程度。でもきっとみんなお金持ちなんだろうな、と思う。特にお得意様を招いたりしているから、それは当たっているだろう。

トレンチに載っているのが最後の一杯になった時、背の高い金色の髪をしたカッコイイ男性客がそれを取った。にこりと笑うその笑顔も素敵だったが、陽子はカッコイイ、としか思わなかった。

外国人なので女性には愛想がいいのかもしれない。それはホテルスタッフにも変わらないんだな、とアペリティフを補充するためにカウンターへ向かう。

トレンチに載せるのは六個のグラスまで、と規則で決められている。それに従い、陽子はグラスを載せた。そうしてまた客人たちの目を見ながらパーティー会場の前室を歩く。

会場が開いたあともまた、アペリティフを欲する人は多い。でもそのあとは立食スタイルだから、テーブルの上にある皿や空いたグラスを片づけたりするだけだ。

「疲れたかな、坂下さん」

バンケットキャプテンが話しかけてきたので、陽子は首を振る。

「大丈夫です。ヒールがない靴なので、いつもより足元が楽です」

いつもはヒールの低いパンプスなのだが、今日はヒールのない革靴でよかったので楽なのだ。

「そうか。わからないことがあったら聞いてね」

笑みを向けられ、陽子もまた笑顔で応えた。

「はい」

返事をしたあとは適度に周りを見る。女性客の一人が、お酒が欲しそうだったので、陽子はワイングラスを持ち、声をかけた。タイミングが良かったらしく、礼を言われた。

そうして顔を上げると会場の入り口が騒がしく、目を向ける。

「ほら、見て、天宮さんよ。相変わらず素敵だわ」

「本当に。今日ここに招いていただいて、ラッキー」

女性客がそう言うのを聞いて、陽子は彼を探した。

「あ……」

仕事モードの彼を垣間見たことがある。でも、今日の清泉はいつも以上に際立っていた。微笑みは完璧で、黒に近いグレーの光沢のある細身のスーツが良く似合う。白のシャツに薄いブルーのネクタイを合わせ、それより少し濃い色のポケットチーフを覗かせている。ジャケットの下に着ているベストも同じ色で、シンプルだが素敵だった。

「……正統派なスーツ」

人が多く、足元は見えないがきっとストレートチップだろう。彼はピカピカのストレートチップを履いていることが多い気がするから。

「お疲れ様です、坂下さん」

後ろから声をかけられ、振り向くとそこには添島が立っていた。

「初めてのバンケットスタッフはいかがですか？」

「緊張します。上手くできているかどうか……」

「ちょっと見た限りでは、よくできてると思いますけど？」

そう言われてホッとする。添島も仕事には結構厳しい目を持っていると聞くからだ。

「パーティー、すごいですね」

「まぁ、そうですね。これでも百二十名以内に抑えたのですけど……そう言えば、本日の昼あたりに帰国しましたが……天宮が、すごく失敗したことを悔やんでいましたよ」

「何の失敗を、ですか？」

陽子が首を傾げると、彼はすぐに答えた。

「坂下さんの連絡先を、坂下さん自身からきちんと聞くことができなかったことです。ここ最近天宮は多忙でして、出張もバタバタと仕事を終わらせてからだったんです。私も申し訳なかった。坂下さんの声を聞きたかったみたいですよ、あの天宮が」

あの天宮が、というところを強調した添島は、可笑しそうに笑った。

「今日は、あなたがバンケットスタッフでいることを、私は天宮に言っていないんですよ」

「そうなんですか？　じゃあ、驚くかもしれませんね」

連絡先を聞かなかったことを後悔している。そのことを聞かされて、陽子は胸が温かくなった。それと同時に、彼はそれほど多忙だったということだ。陽子のことを思いながらも、忘れるほどに。

そこまで考えたところで、陽子は自分が思い上がっている気がした。いけない、と小さく首を振ると、添島が坂下さん、と呼んだので顔を上げる。

「私が知っている天宮清泉という人は、頭が良くて世渡りも上手くて、何でもそつなくやれる器用な人。気難しくとられることもありますが、本当は誰にでも公平に優しくするタイプです。彼はいつも、笑顔は人の心に入り込むツールとよく言いますけど、あれほどナチュラルにどんな時でも笑みを浮かべる人を私は見たことがありません。要するに、天然かつ打算的な人たらしでもあるんですけどね」

添島は清泉を遠目で見ながらそう言って、微笑んでみせた。彼の言葉は清泉を褒めているのかどうか、あやしい感じだ。

「恋愛もそれはもう、ナチュラルにスマートにこなしていました。自分がこれと決めた相手としか付き合わず、誘惑されても決して靡《なび》かない人です。……今回はどうしたんでしょうね。連絡先を聞き忘れ、直感めいた恋をするなんて。私の知っているあの人じゃありませんね。出会ってもう十五年たちますが、今回の天宮は、いつもと違う恋をしている」

添島の話を聞いて、そして立田からの話を思い出して。

そんなに陽子は彼にとって特別だと、そう思って良いのだろうかと考えてしまう。でも、この場にいて、周りの客の話を聞くと、住む世界が違うんだな、とも考える。

彼らの言葉を本当に信じていいのか。

「ああ、こちらに気づいたみたいですよ。それでは坂下さん、頑張って」

スッと陽子のそばから離れていく添島の背中を見ると同時に、驚いた顔をしている清泉が見えた。思わず目を伏せると、彼は陽子の方へと足を向けて歩いてくる。

陽子はバンケットスタッフなのだから、このまま自分の持ち場に向かってもいい。しかし、そんな気になれなかったのは、陽子も会いたいと思っていたから。

カニンガムホテル東京の社長、天宮清泉に。

「驚いたな……なんでバンケにいるんだ？」

「……バンケットスタッフが足りないから、と頼まれたんです。……その、添島さん、に」

「添島……何も言わなかった。まぁいい、陽子さんの顔が見れた。正直、パーティーが終わったら速攻で君の連絡先を聞いて電話しようと思っていたよ。会えて嬉しい」

彼の魅力的な瞳がジッと陽子を見つめる。

「この一週間と四日……連絡を入れなかったこと、怒ってないかな？　本当は出張直前に君と会うつもりでいたんだけど、忙しさでできなかった……ものすごく悔やんだ」

「……それだけ、お仕事が、大切だったたんですね」

陽子は可愛くない言い方をした。そんなことを言える立場でもないはずなのに。

「申し訳ない。許して欲しい」

清泉はカニンガムホテル東京の社長だ。このあと彼のスピーチがあることも知っている。彼の大事な時間を独占するわけにはいかない。

「私も、聞きませんでしたし……あの、ワインはいかがですか？　何もしていないと、サボっているようにしか見えないから」

「そうだな、ありがとう」

陽子はワイングラスを渡した。彼を見上げると、にこりと笑って一口それを飲む。

「連絡先を、きちんと交換したい。すぐにでも」

「……スマホ、ロッカーです。それに仕事中ですので」

彼は困ったように笑った。

本当は、もっと話がしたかった。ただ、あまりにもこうしていると、不審に思われるだろう。

清泉と陽子の関係は社長とただのホテルスタッフなのだから。

「私、仕事があるので……」

陽子の担当しているテーブルは、そろそろお皿が積まれているかもしれない。視線をテーブルに向けると、清泉はワインをすべて飲み切り、陽子に手渡した。

「美味しかったよ。じゃあ、仕事が終わったら、僕の部屋へ来て欲しいけど、どうかな？」

次会ったら、抱かれるなんてことないよね、と考えて口に出した時があった。

でもまさか、そんなことはないと思いながら陽子はただうなずいた。

「パーティーじゃなかったら、今ここで抱き締めてキスをするのに、非常に残念」

陽子が想像、いや、妄想していたことが本当になりそうになってきた。

一度息を詰めて彼を見上げると、その彼の腕を引っ張る女性の手が見えた。

「そろそろ、帰って来て欲しいわ、イズミ」

明るい金髪、青い瞳。背が高くて、それでいて女性らしいグラマラスな身体つき。陽子が憧れる体型だった。

首から上の顔はあまりにも綺麗すぎて、眩しいほどだ。長い金色の睫毛がバサバサ揺れるのが、よくわかる。まるで女優のような彼女は、さらに清泉の腕に自分の腕を絡ませる。

「急にいなくなるから、どこに行ったのかと思ってた。ワインが欲しかったの？　私にもいただける？」

「……かしこまりました」

陽子は清泉が飲み干したワイングラスを、使用済みのテーブルに置いた。新しいグラスを金髪美人に渡す。

「アン、離してくれないか。行くから」

清泉はそっと彼女の腕を離すと、陽子に微笑んでから背を向ける。金髪の彼女の背に軽く手をまわしたそれを見て、陽子は下唇を噛んだ。

その痛さに我に返って、使用済みの食器類をまとめてバックヤードに行き、洗浄を頼んだ。

「本当に、綺麗な人……」

彼の隣にいるアンと呼ばれるその人を見ると、陽子は胸が痛んだ。

自分の持ち場のテーブルへ行き、皿を片づける。練習した通りに皿を持つことができてホッとしながらも、陽子の視線は清泉へと向けてしまう。

「CEOの秘書のアンさんはともかく、結城《ゆうき》さんはないわぁ。ほら、結城グループの瑠璃《るり》香《か》さんよ。あの人なんか嫌よね。一直線に天宮さん狙ってるし」

「そりゃ、ギラギラするんじゃない？　年齢も、ねぇ。あの若さでカニンガムホテルロンドンの社長を経て、東京の社長よ？　将来も安泰じゃない？」

華やかなドレスを着た若い女性客が、ひそひそと話し合っている。そんな彼女たちも、身に着けているアクセサリーは一級品のようだ。

「でも、アンさんなら……とは思うわよね。でも彼女は結婚しているらしいし……それに天宮さんも何度か瑠理香さんとお食事しているそうじゃない？」

陽子はただのホテルスタッフ。本当に身に染みてそれを感じる。

彼の近くにずっと侍っているような、清楚な日本人女性。きっとあの人が、瑠理香という人だろう。膝丈のドレスで、後ろにスリットが入っているのが色っぽくていい。デコルテ全開のドレスだから、陽子が着たらそのままストンと落ちてしまいそう。

それに清泉の腕に自分の手を絡めた彼女が、たぶんアンという人だ。その隣にいて清泉と話している、少し体格の良い外国の男性は、きっとCEOのエドワード・バルドーだと思われた。

「住んでる場所、世界、全部違うじゃない」

彼はすごく遠い存在。

高校生の頃からひとり親になり、それでも奨学金を受けながら、どうにか短大を出たような陽子とは違う。

陽子はため息をつきながら、とにかく仕事をこなした。

添島から頼まれ、立田に教育もしてもらったのだ。

せめてこの場では、失敗しないように、立派に仕事を務めよう。

それだけを考えながらパーティーホールを歩く陽子だった。

☆　☆　☆

「坂下さんは、社長と親しいの？」

　バンケの仕事がすべて終わったのは、終電もなくなる時間だった。だから、スタッフにはタクシーチケットが出されたのだが、受け取る時にバンケットキャプテンからそう言われた。

「そんなことはないですけど……私この間、ブルースターをもらったので、それで」

「そうか。俺は社長と話すと緊張するからなぁ、って。バンケ業務の内容を、社長が結構変えてさ。それでお叱りも受けたり、ね。年はそう変わらないのに、すごいよね」

　陽子は相槌《あいづち》を打ちながら彼の話を聞いた。

「このあと、みんなで深夜飯に行くけど、坂下さんもどう？　立田さんはもう帰ったけど」

「いえ、私は寄るところがあるので……友達のところに」

「こんな時間に？」

「はい。遅くなると言ったんですけど、来て欲しいって」

　そう、と言った彼は笑みを浮かべて軽く手を振った。そうして背を向けて行ってしまうのを見て、陽子もまた着替えに向かう。

　気が緩むと、どうしても彼のそばにいた女性のことに意識がいく。いつのまにか自分は胸が痛むほど、清泉のことを好きになっていることに気づく。こんな自分はどうかしている。

　ため息をつきながらロッカールームまで向かっていると、その前方からジャケットを脱いだ清泉が歩いてくる。陽子は思わず足を止めて、瞬きをした。

「お疲れ様、陽子さん」

　遅い時間なので誰もいない。陽子のロッカールームはバンケットスタッフの場所から離れているから、陽子と清泉だけだ。

「待ちきれず迎えに来てしまった」

　陽子の前に立つと、彼はスッと手を差し出した。

「あ、えっと、着替えますから」

「良かったらそのままで。そういう格好も似合う」

「……でも、バッグとか、荷物があるから」

「じゃあ、取っておいで」

　柔らかい物言いに、素直に従ってしまう。

　これも恋愛フィルターがかかっているからなのかもしれない。ロッカーから荷物を取り出し、頭を振って一度深呼吸。服とバッグを持ってロッカールームから出ると、彼は再度手を差し伸べるのでおずおずと手を重ねる。

　大きな手が陽子の手を包み込む。男の人の体温は、同じくらいかもしれないけれど高く感じる。すごくドキドキしてきてしまい、何も言葉が発せなかった。

プレジデンシャルスイートのエレベーターは直通だけど、途中宿泊客とすれ違いドキドキしてしまった。それに、先ほどのパーティーに出席していたお客様らしい人が、あら、という感じで清泉を見る。それに応えるのは目礼だけだとしても、陽子はスタッフの格好をしているので早くエレベーターに乗りたかった。

彼のことが好きだ。でもどうしてもあのアンと呼ばれる女性と、ずっとそばにいた日本人の女性が気になり、心と裏腹なことを口にしてしまう。

「あの、天宮さんのずっとそばにいた女の人……放っておいていいんですか？」

エレベーターに乗ってから聞くと、清泉は首を傾げた。

「女？　アンのこと？」

「外国人の方と、それに日本人女性の……綺麗な人です」

陽子がそう言うと、彼はただ笑った。

「誰だか覚えてないいな」

「そんなのウソですよ。ずっと天宮さんのそばにいて、腕とか触ってました。天宮さんのことを好きだっていう光線出してましたよ？」

陽子が人差し指を立てて目のあたりに当ててピッと動かすけれど、柔らかい笑顔を崩さず彼は首を振った。

「知ってるけど知らないな。ああいうのは、放っておくに限るからね」

まるで相手にしていない物言いで、そうされた本人が聞いたら傷つくだろう。

「でも、その、めちゃくちゃ、触れてたから。何とも思わない人に、そうさせるんですか？」

「嫉妬？　君からそんな風に見られていたのかと思うと、もっと触らせておけばよかったな」

フッと笑ったのを見て、陽子は首を振る。自分が嫉妬なんて、と思うが心の奥底では、その感情を指摘されて納得する。

「結城グループは会議にウチのホテルを使ってくれている。彼女はそこの令嬢で、何度か食事を一緒にしたけど、それだけだ」

まるで陽子がパーティーで小耳に挟んだことを、そのままわかっている風に答えてみせた。

「そうやって、笑顔で……天然で打算的な人たらしって、添島さんの言う通りかもしれません」

「添島がそんなことを？」

笑みを絶やさない清泉を見上げた時、エレベーターが止まった。嫉妬なんて、恥ずかしい。そんな思いを抱いていいのかと、そんな立場なのかと考える。

こんなのが恋愛なら、あまりにも自分がグラグラになってしまうから、もうやめてしまいたいと思う。

陽子の背を少しだけ押しながら、エレベーターを降りる。彼はすぐ前のガラス製のドアに黒いカードをかざして開けた。

さらに部屋のドアを開けて陽子を中に入れると、持っていた荷物を奪われる。彼は何も言わずプレジデンシャルスイートの豪華なソファーの上にそれを置くと、陽子の方へと近づいてきた。

「僕のことが、好き？　陽子さん」

先ほどよりも、笑顔が少し薄くなったけれど、相変わらずの表情に顔を背ける。すぐに戻され、黒く強い目で射貫くように見つめられた。

「なんで、そんなこと、聞くんですか」

「嫉妬どころか、どうでもいい女性相手に拗《す》ねているから。そういう君が、すごく可愛い」

彼が陽子に手を伸ばす。少し下を見ながら、陽子のウエストに巻いてあるエプロンの結び目に手をかけた。

「君の細腰は魅力的だから、バンケットスタッフはしない方がいいな」

そうしてエプロンを取り去るのを見ていると、今度は首元にあるクロスタイを外された。

「首も綺麗。こんなもので強調されると、触りたくなる」

そう言って、清泉はにこりと笑った。陽子は距離を取って、彼の手にあるエプロンとクロスタイを見る。

「添島にはあとで説教だ。ほかに何を聞いたのかな?」

「別に、何も……ただ、私が今日感じたのは、社長はモテるってこと」

「将来の安泰のために近づいてくる人は、どうでもいい」

「でも、ずっと笑顔でした。私は、社長を見て、やっぱり……遠い世界にいる人だって感じたので。社長こそ、私のことが好きですか? どこがですか?」

知らずず手に汗をかいていて、陽子は自分の両手を組んで握り締めた。

「カニンガムホテル東京が好きだろう?」

彼の言葉に顔を上げると、笑みを浮かべて彼が近づく。

「このホテルの料理も好きで、仕事も一生懸命。今度は中華を食べようか、陽子さん。辛いけど、四川風に仕上げた麻婆豆腐は美味しい。それにフカヒレスープも美味しくて、打合せしているというのに、食事に夢中になることもある。どうかな?」

陽子は量が入らないだけで、食べるのは大好きだ。彼の魅力的な提案を聞き、なんだか丸め込まれているような気がする。

「そのあとにお腹に余裕があれば、美味しい中国茶とスイーツでもどう?」

なんだか、悔しくなってきた。まるで子供扱いのように思える。でも、スイーツは食べたいと思う。きっとここの中華スイーツは美味しい。

「その表情を見る限りOKだな。食の趣味が合うのは、この上なく良いと思う。それに、僕はこのカニンガムホテル東京を立て直しにやってきた。僕が改変して作り上げたホテルを好きなのも、かなり好印象。それに、君はそんなカニンガムホテル東京に惚れこんで就職までした。ブルースターも獲得。痺れるほど、好きだよ」

陽子の握り締めている手を取り、解く。そうして向かい合って両手を繋いだあと、彼は微笑んだ。

「僕といると、将来安泰だよ、陽子さん。それは保証します」

陽子はその言葉に思わず笑った。さっきは将来の安泰のために近づいてくる人はどうでもいい、と言ったくせに。

「言っていることが、なんだかちぐはぐ」

「そう？　人なんてそんなもんだと思うけど」

「なんか、こんな風に人を好きになるって、変わってます」

「君のためなら変人になるよ」

そうして軽く笑った彼は、陽子の手を少し強く握った。

「君は？　少しは僕を好きになってくれた？」

陽子は彼の言葉に目を伏せ、小さくうなずいた。

「好きに、ならないわけ、ないです」

そう言うと、彼は強く陽子を抱き締めた。彼の体温があまりにも近く、自分の身体も熱くなってしまう。

「キスをしてもいい？」

耳元で言われ、そんなこと聞かないで欲しいと思う。うなずくこともできずにいると、彼は陽子の鼻先と自分の鼻先をすり合わせて、額をくっつけた。

「そんなこと、聞かないでください。私、恋愛したことないって、言いました。だから、いいよ、とかそんなことは、とても自分からは……」

陽子が次の言葉を言う前に、彼は笑って口を開く。

「そうか。じゃあ、タイミングが良ければ、これからは勝手にするよ」

笑みを浮かべた唇が陽子の唇と重なり合う。ゆったりと唇を吸われて、後頭部を引き寄せられた。

「ん……」

久しぶりのキスは優しかった。清泉の唇の柔らかさがより伝わり、彼の舌の感触もまたよくわかる。だから、その舌に陽子は唇をこじ開けられ、口腔内に彼の舌を迎え入れてしまう。

その心地よさ、気持ちよさ、温かい身体。

ぎゅっと彼にしがみつくと、角度を変えてキスがより激しくなる。

陽子は清泉とのキスに酔いしれているのを自覚する。

次に会ったら抱かれるかも、という予感は現実味を帯びて今、目の前に迫っていた。

10

どんどん深くなるキスに、陽子はついていけないと思った。

舌を絡められ、吸われて、そしてそれが角度を変えてまた、となると口腔内を触れる場所も違ってきて。

「あ……っ！」

立てなくなって膝が崩れ落ちると、そのままキスが解かれた。

「……っと、大丈夫？」

彼の形の良い唇が、濡れている。陽子とキスをしていたからそうなっていると思うと、目をギュッと閉じて、見ないようにした。

「顔が赤いな、陽子さん」

そう言って陽子の身体を抱き上げると、そのまま近くのソファーに座った。しかも陽子は膝の上に乗せられて、目の前に彼の顔があるので、心臓が跳ね上がる。

「社長からこんなことをされたら、当たり前に誰だって赤くなります」

「また社長って言った。君は僕を苗字で呼ぶと決めたんじゃなかった？」

清泉は陽子の唇を撫でながらそう言って、チュと小さく音を立ててキスをする。

「天宮さん」

「よろしい。では、連絡先を交換しよう」

「……この体勢でですか？　膝から下ろしてください」

「それはダメ。今日は帰したくないから」

にこりと笑った清泉は陽子のバッグを膝に置いた。仕方なくスマホを取り出したけれど、彼の言った帰したくない、という言葉の意味を考えていた。

付き合うと言って間もないのに、もうそんなことを、とグルグルと妄想する。

「まずＬＩＮＥから。メールアドレス、電話番号」

互いに連絡先を交換し合ったあとは、どうしたらいいかわからない。とりあえずスマホの操作を終えると、清泉は陽子からそれを奪い、バッグの中に入れてしまう。そして自分のものは無造作にソファーの前にあるテーブルへ置いた。

「帰さないって……どういうことですか？」

「もう遅いし、泊まっていきなさい。寝室はラッキーなことに二つあるからね」

陽子はこの部屋を清掃したことがあるから、寝室が二つあることは知っている。そして、一緒に寝ないよ、と暗に言われたことに、陽子は穴を掘って自分を埋めたい気分だった。

「でも、タクシーチケットを……」

「本当にいる時に取っておけばいい。久しぶりに話がしたい。明日は休みだと、立田が言っていた」

立田は余計なことを言ったらしい。ただ話をするだけで終わらせるつもりだろうけど、それでもドキドキするから陽子は帰りたいのだ。

「私、すぐ眠くなる体質で……」

「それでもいいよ。君がいてくれれば。……シャワーでも浴びたらどうかな？　疲れただろう？」

替えの下着とかないし、と思いながら首を振ると彼はクスッと笑った。

「君の下着は手配済み。ショーツだけでいい？」

「な、なんで、そんなこと……！」

女ものの下着を用意するなんて。陽子の方が恥ずかしくなってきた。

「君と話がしたかったから。バスルームに置いてある。どうやって入手したかは内緒」

そう言って彼は立ち上がりながら陽子を下ろした。

「陽子」

呼び捨てにされて、身体が固まる。

「君を好きな彼氏のわがままだと思って、今日は泊まっていきなさい。何もしないから」

そうして、陽子の身体をバスルームの方へと向ける。

ここまで言われて、引き下がるのも、と思う。それに、話をしたいのは陽子もそうだ。

「じゃあ、そうします」

「行っておいで」

にこりと笑った彼は、いつもと同じ表情。彼はきっとキスなんか朝飯前で、陽子ほどドキドキしないし緊張しない。

陽子はバスルームのドアを閉めて、一度その場にうずくまる。そこにはナイトウエアとバスローブが置いてあった。きっと二つとも清泉が置いたのだろう。

「用意周到。本当に何もしないのかな。それはそれで……」

そこまで言ったあとで何を考えているんだ、と首を振る。

何もしないからという彼の言葉に、ホッとしながらもほんの少し拍子抜けしてしまう。とりあえず今日は慣れない仕事もあって疲れた。清泉に脱がされたエプロンとクロスタイはあとで回収しよう、と思いながら陽子は初めて男の人の部屋で服を脱ぐのだった。

☆　☆　☆

シャワーを浴びて、用意されたショーツを見る。それはSサイズだがちょっとだけ大きい様子だった。レースに縁取られた、普通のデザインのそれにホッとしながら身に着けると、やっぱり大きい。

そこで思い出したのは、清泉と親しそうにしていたアンという女性。彼女が調達したものかも、と思うとちょっとだけモヤモヤしてしまう。

ナイトウエアを着たあと、浴室から出ると彼は電話をしていた。響きから英語ではない様子で、陽子に気づくと、近づいてきて髪の毛に触れた。短く言葉を言って電話を切ると、彼はそのまま陽子を浴室に回れ右をさせて、一緒に入る。

「髪はきちんと乾かしなさい。いつもこうなのかな？」

「いつもは、乾かしたり、そうしなかったり、です」

「綺麗な黒髪なのに、もったいない」

そう言ってドライヤーを当てるので振り向いた。

「自分でします」

「そう？　残念だな、触れるチャンスだったのに」

あっさり引き下がった彼は、軽く自分のセットした髪の毛を崩した。

そういう清泉こそ、真っ黒な髪の毛だと思う。年齢を考えると白髪などはどうなのだろう、と首を傾げる。

「どうかした？」

「天宮さんは、白髪ないんですか？」

パチリと音を立てそうな瞬きをする。彼は睫毛もそれなりに長く、黒々とした目を強調させているから瞬きすると本当に音がしそうだ。

「初めて聞かれた。家系かもしれないけど、嬉しいことにまだないよ」

染めてなくてそんなに綺麗なのか、と陽子は感心した。

「ほら乾かさないと、僕が風呂に入れない。ここで脱いでもいいのかな？」

そう言ってベストのボタンに手をかけるので、慌ててそれを止めると彼は少し声に出して笑った。

「きちんと乾かしなさい。終わったら交代する」

そう言って出て行く後ろ姿は、かなり姿勢が良くて感心する。

「白髪、は失礼だったかも」

自分の言葉に反省しつつ、彼との年齢差を考える。彼は三十八歳。陽子は二十五歳なので十三歳も離れている。

若い陽子から見れば、年上すぎて付き合おうと思わない年齢だから。でも、清泉は本当に魅力的で端整な顔立ちをしている。加えて背も高く、身体も細身だががっしりしていて、安心感がある。

「何を考えてるの？」

今日は何もない、しないと言っていた彼の、あのスーツの下はとちょっとだけ想像する。彼とそういう関係になってからは、陽子は妄想ばかりだ。

どうにか髪の毛を乾かし終えて、バスルームを出るとまた電話していた。今度は英語のようだ。

彼は電話をしながら陽子の髪の毛が乾いているのを確認し、指先で交代しようという仕草をした。

ドアの向こうから服を脱ぐ音が聞こえて、さらに陽子は妄想してしまう。

「私って妄想女子だったわけ？」

今日は何度も頭を振っている気がする。とりあえず、と陽子は自分のバッグの中を整理し、バンケットスタッフの制服を畳んだ。ソファーに置いてあったエプロンとクロスタイも綺麗に畳む。着てきた私服はちょっとパンパンになるけど、バッグの中に入れた。

そして居心地悪くソファーの上に座ると、途端にトロトロと眠くなる。シャワーは温かったし、今日は慣れないことをして疲れたせいだ。

陽子はダメだと思いながらも目を閉じた。たぶん少しの間眠っていたと思う。

次に目を開けたのは、身体が揺れて柔らかい場所に下ろされたからだ。

「あ、起きた」

状況は、まだお姫様抱っこの体勢だった。清泉はバスローブ一枚の姿で、少しはだけていたから素肌が見えていた。男の人の肌に、思わず目を逸らす。

「眠りが浅かったんだね」

そうしてにこりと笑ったあと、彼は何事もないように陽子から手を離し、そのままベッドに座った。

きっとこんなことに手慣れているのだろう。彼の腕に抱かれていた自分を思うと、ドキドキが止まらない。陽子を軽々と抱き上げていた腕の力強さに、男を意識してしまう。

「何か飲む？　もう眠たいかな？」

起き上がった陽子に優しい目を向けて問うので、緊張する。

「あ、や、あの……」

首を傾げる彼を見て、髪の毛が濡れていると思った。陽子には乾かせと言ったのに、自分のは乾かしていない。

「髪、濡れてますけど……」

「どうしてるかと、チラッと見たら寝てたから。すぐに乾かすよ。慣れない仕事をしたから疲れたんだろう。今日は寝て明日ゆっくり話してもいいな」

そう言って陽子の頭を撫でた彼は、髪の毛に触れる。指を髪の生え際に差し入れると、小さく笑った。

「髪の毛、柔らかい。まるで猫を撫でてるみたいだ」

「あっ」

清泉の指が陽子の髪の中で軽く動いた。もともとドキドキしていたから、それだけで変に甘い声を出してしまった。真っ赤になってうつむくと、彼の手が顔を両手で上に向かせて、そのままキスをされた。

すぐに深いキスになり、陽子は起きていられず、ベッドに倒れ込む。彼の手が倒れる前に背にまわったので、ゆっくりと押し倒されるように身体が沈んだ。

「ん……っあ」

信じられないくらい、鼻にかかった甘い声が零れる。自分からこんな声が出るなんて。

自然にそうなってしまうのは、彼のせいだ。

だから清泉の背に手をまわすのも、ただ勝手に身体が動いただけ。背にまわした指が軽くキュッと強く彼の肌を押すと、噛まれるかのように唇を強く吸われて、離れていく。

陽子の息は上がっていた。彼の顔には、いつもの余裕の笑みはなかった。

「そんな顔をして……」

陽子の考えていた通りのようになっていた。まさか妄想が現実になるとは思わなかった。けれど、彼とは付き合うと言って、こんなに大人のキスをしている。それで、現実にならないわけはないのだ。

頰を撫でる彼の手が心地よくて、目を閉じて頰をすり寄せてしまう。そこでハッと我に返った。

「あの、私……」

「いや、いい、悪かった」

そう言って離れようとする彼のバスローブの袖を、思わず強く摑んだ。何をやってるんだ、とまた思う。でも、この人の体温は最初から心地よかった。ドキドキして緊張するけど、ずっとくっついていてもいいと思える。

「離れたくないです」

陽子の言葉に彼は小さく笑って、頰を撫でた。

「君は困った人だな、陽子さん。何もしないで一晩過ごせるチャンスはどうする」

頬を撫でていた彼の手が、首筋をたどり、鎖骨へと滑っていく。

ナイトウエアはボタンで留めるだけのものだから、すぐに脱がせられる。

彼の言う通り、一晩何もしないで過ごせるチャンスだ。

ただこの時、陽子はいろいろと考えて、次に会った時にはもしかしたら、と予感しながら、一方で、あまりにも素敵な天宮清泉という人に惹かれていることを思った。

こんなに早く、自分をさらけ出し彼に抱かれるなんて軽く見られないだろうか、とも考えた。

「私、早くないですか？　まだ付き合うと言って、ちょっとしか経《た》ってなくて……しかも、恋愛したことないのに、軽すぎるとか思ってませんか？」

陽子の言葉を聞いて、清泉は小さく笑って首を振る。

「そんなこと思ってないな」

「普通がどうなのか、わからなくて……」

陽子が言うと、彼は陽子の頬にキスをする。

「君は軽くない。きっと、すごく考えたはず。短期間なのは僕も同じだ。……セックスは、互いのすべてを見せ合うから、本来の僕なら、そして君じゃなければ、まだ寝ようとは思ってない」

陽子の髪の毛を一筋取り、軽く引っ張ると彼は微笑んだ。

「でも、お互い付き合いらしい付き合いはしていなくても、人間なんだからそういうこともあるだろう。心が求め合うみたいな感覚が」

「……天宮さんは、求めてますか？」

「それはもちろん。そうでなければ、君みたいに若い子には、ね。それこそ、白髪の心配されるような年齢だから」

ため息交じりに笑う彼に、陽子はやっぱり失礼だったと反省した。

「すみませんでした！」

「別に、意外とはっきりものを言う子だな、と思っただけだ」

そうして陽子の目をじっと見ると、清泉は柔らかく微笑んだ。

「君は求めてるの？　離れようとする僕を引き留めるくらいには」

陽子は彼の言う通り、心が命ずるままに答えた。

「はい」

答えたあとで、顔がカーッと熱くなった。

「可愛い反応しているところ悪いけど、部屋を移動しよう」

清泉が立ち上がり、陽子の膝下に腕をまわして抱き上げた。

「じ、自分で歩けます。それに、部屋、どうして……？」

陽子が寝かされようとしていた部屋はツインベッドがある部屋だった。もう一部屋にはキングサイズのベッドがあるのは、先刻承知だけど。

「君と寝るなら広いベッドがいい。それに、残念ながらこの部屋には、君のために買ったコンドームがない」

キングサイズベッドのある寝室へと移動する途中、陽子はお姫様抱っこのままピシッと固まった。

「こっ、コンドー……今日、そのつもりだったんですか？」

「違うけど、いずれは君とそうなると思っていたから。もう嫌だと言っても、聞かないよ」

それから彼は無言だった。

もう一つの寝室に行き着くと、清潔に整えられたベッドが目に入る。清泉は陽子をベッドに下ろすと、クローゼットを開けて箱を取り出した。それを無造作に枕元に置くと、陽子の足の間に自分の片足を割り込ませ、迫ってきた。きしむベッドの音に、陽子の心臓はますます鼓動を速めた。

肘をついたかと思うと、さらに迫ってくる彼から逃げるように、陽子は背中、頭の順にベッドへ身体を押しつけられていく。

「私、痛いのは、嫌って言いました」

顔を横に向けて言うと、彼は顔をうつむけながらただ可笑しそうに笑う。

「努力させていただきます、と僕も言った。約束は果たすけど、君も逃げないで。僕のことが好きなら」

そう言って陽子のボタンを外し始める、彼の手は大きくて男の人にしてはしなやかだ。

そしてとても熱かった。

すべてのボタンを外し終えて、前を開いた。背中に手をまわしたかと思うと、胸の緊張感がなくなり、ブラジャーが上へとずらされる。

「……っ」

息を詰める。彼が陽子の裸の胸を見ているから。

そうして彼は何も言わずに、陽子の胸に唇を近づけてくる。もう片方の胸には手が脇腹を触れながら乳房にいき着き、包まれる。

彼の唇が陽子の乳首に触れた瞬間、小さな声を上げて目を閉じるのだった。

☆　☆　☆

――坂下陽子の細い身体を組み敷きながら、少し前のことを思い出す。

「イズミは、あの細い女の子のこと、好きなの？」

不意に英語でも日本語でもなく、フランス語で言われて、清泉は首を傾げた。

「女の子？」

自分もまたフランス語で答えながら、隣の女性に目を向ける。清泉のそばに何かとずっとついてくるのは、清泉よりも年下だが、三十代の社長令嬢だ。意図がわかっているから、内心ため息だが、無下《むげ》にもできないのが、面倒なところ。

「申し訳ない、結城さん。ちょっと、仕事の話なので、外してくれるかな？」

清泉が笑みを浮かべてそう言うと、彼女は渋々と清泉から離れてくれた。

それでもフランス語で話しかけるのは、アン・マーロー。彼女は現カニンガムホテルグループのCEO秘書をしており、なかなかやり手な女性だ。結婚して二年ほど経つだろう。

清泉は以前アンと付き合っていたが、四年ほどで別れた。カニンガムホテルロンドンの社長をしていた時期だったな、と思い出す。

「私にワインを渡してくれた、細身で可愛い顔した女の子よ。イズミの彼女を見る目が違った。私の時とは大違い、って感じだった」

青い瞳が少し目を細めて清泉を見た。

「もう寝てる？」

「僕は身持ちが堅いことを、君は知っているだろう？」

「セックスしたい私と、仕方なくセックスするイズミ。本当は好きじゃなかったんでしょう？　私のこと」

「ちゃんと好きだった。ただ、情緒あるセックスをしたいのに、乗っかられると、興ざめで……」

「情緒⁉　心でヤルもんでしょうが！　あなたは心底ヤリたいって時なかったわね、そういえば！」

呆れたように声を出すアンに、清泉は肩をすくめてただ笑った。

アンとは長い付き合いだ。彼女も幹部候補だったから、何かと接点があったのだ。付き合って欲しいと言ったのはアンだった。その時清泉には特定のパートナーがいなかったので、アンのようなしっかりした人なら、と付き合いを了承した。

「恋人として有意義な人だと思ってたよ」

「やっぱりね。あなたは頭でお付き合いを決めるんだから。まぁ、イズミのおかげで日本語が話せるようになったから、いいけど？」

「ほら、プラスになったこともあるだろう？　既婚の身で、元彼に文句はお門違い。それに、僕が誰をどういう風に好きになろうと、君には関係ないよ」

清泉の言葉にアンは、いつもの有能な秘書の顔を外し、舌打ちをした。

そうして視線を移すと、陽子がフロアを歩いているのを見る。きちんとバンケットスタッフの仕事ができていることにホッとし、器用な子だな、と微笑む。

「鼻の下が伸びてる」

「若い子に恋をして、鼻の下が伸びない男がいたら、教えて欲しいね」

「……いくつ？」

「二十五」

今度はアンが肩をすくめた。首を振りながら、手酌でワインを注ぐのを見て、相変わらずだなと思った。

「本気の恋かぁ……イズミがあんな若い子に……」

　ホテル社長と、そのホテルのスタッフ。陽子は、言いたいことを口にしながらも、どこか清泉を遠い目で見ている。その気持ちはわからないでもない。

　好きだという気持ちを伝えるのが、こんなに体力を使うとは思わなかった。自分は今までどんな恋をしてきたのだろうか、と振り返ると事務的だったと反省することばかり。

「私はあなたの本気で思う気持ちがずっと欲しかったのに」

　フッと笑うアンを見て、清泉もまた微笑む。

「好きだったよ、アン」

「ウソつき。だったらもっと、熱い目で見て欲しかった。あの子を見るみたいにね」

「……それは……、できなかったかも」

　アンと陽子とでは恋の仕方が違う。

　だから、戸惑い、困るのだ。もうこんな年にもなって今更、情熱とか心からとか、まして愛するとか、そんな力がいることをするとは思わない。

　だから、陽子が眠っているのを見て、男としての欲求は後まわしにしたのに、彼女はそれを引き留めた。笑顔で彼女の心を宥《なだ》めすかして、何もしないでいようと思ったのに。

　陽子の身体を抱き上げ、いつも自分が使うベッドに下ろして、クローゼットからコンドームを取り出した。清泉がベッドに乗り上げ、この期に及んで逃げ腰の陽子に迫ると、簡単に身体が倒れていく。

ナイトウエアのボタンを外し、下着のホックを外すとささやかだが張りのある胸が見えた。知らず息が浅くなっていた。脇腹を撫でながら、その乳房に手を這わす。

唇を開き、胸の先端を食むと、陽子が甘い声を出した。

「あっ！」

片手では乳房を揉み上げ、陽子の胸を吸う。柔らかい肌の感触に、熱が体中に一気に巡っていく。反対の胸も吸うと、陽子が足を縮めてシーツを小さな手で強く握った。

その手を柔らかく包み込み、陽子の乳房に舌を這わせ、強く吸い上げる。白い肌にいくつもの赤い痕を残し、自分の印をつけた。

陽子はむずかるように身をよじらす。

「可愛いな」

「……やめてください、そんな、こと、言うの」

「どうして？　気持ちいいなら、耐えなくていいのに」

陽子の胸を揉むと、さらに耐えるかのように目を閉じ、清泉のバスローブを強く摑んだ。

早めにショーツを脱がせておこうと手をかけると、その手を止めるように清泉の手首を摑んだ。

「脱いだ方が良いと思うけど？」

「だって！」

「ん？」

「は、恥ずかしい、です。こんないきなり、裸に、しないで」

キュッと目を閉じ、清泉のバスローブを引っ張りながら、それで顔を隠す。初々しいその反応に、こっちが赤面しそう、と思いながら陽子の唇に小さくキスをする。

「感じてるから、脱いだ方がいい」

「でも……」

「こんなこと言いたくないけど、濡れるよ?」

一気に顔が赤くなった陽子は、泣きそうになった。清泉の手を掴む力が緩んだので、ショーツを脱がせると顔を横に向けて目を閉じる。

片足ずつ脱がせると、足を閉じようと動くのでそこに身体を入れて開かせた。

「天宮さん……本当に恥ずかしい」

細くて柔らかく白い身体が、羞恥に震えている。それを見ているだけで身体は興奮していくのに、彼女は頬を赤く染めて下唇を噛みながら清泉を見上げる。

いったい自分はどうしたのかと思うほど、清泉は身体が昂ぶっていた。下半身はもうすでに反応しきって、少し痛いくらいになっている。

「こっちも一緒。……セックスは恥ずかしいけど、それだけいいこともある」

「どんな?」

「互いの体温が気持ち良くて、愛し合っている実感が湧く」

清泉は陽子の胸を揉み上げながら、また唇で愛撫した。脇腹、臍、足の付け根へと唇を移動させ彼女の足をさらに開かせる。

「やっ……ん」

陽子の臍を手で撫でて、足の間へと滑らせる。そこを撫で上げ、尖った部分を指で摘んでから清泉は舌を出して舐め上げる。

「あ……っあ！」

陽子の腰が揺れる。恥じらうように身をよじらす彼女の姿が、さらに清泉を興奮させた。手を伸ばし、陽子の胸を摘みながら、舌は彼女と自分が繋がる部分を愛撫する。

陽子のソコは胸に触れていただけですっかり濡れていた。それを助けるように、さらに彼女を高めていく。

「や、め……て……天宮さん」

やめてと言いながら、力が抜けている陽子が可愛かった。

「どうして？　良さそうだ」

小さく首を振って、喘ぐのを我慢している。だからもっと声を上げさせたくて、清泉は舌で彼女の身体の隙間を撫で上げた。そのまま舌先で尖った部分を何度も舐め、吸い上げる。

「んんっ！　あぁ……」

男を知らないソコは、綺麗だった。本当に自分のモノが入るのかと思いながら、指を一つ入れると腰が反り上がり陽子は甘い声を零す。

「陽子、イイ声だね」

清泉の指を濡らし、水音を立てるソコは、もう受け入れることができそうなくらいだ。

「あまりイイ顔されると、加減できなくなるな」

イキそうなのかな、と思いながら指をもう一つ入れると、陽子が清泉を涙目で見る。

その目はもう限界で、感じきっていた。本当は、一度イカせてあげたい気持ちがあるが、陽子よりも自分が限界だった。陽子が、あまりにも甘く自分を見上げるからだ。

それでもキスをし、胸を揉み、首筋に唇を這わせていると、それでさえ陽子の腰が揺れるので、その細い腰を抱き締める。そして臀部に手を這わせ、ゆっくりと揉んだ。

セックスにおいて、もっと自分は淡白だった気がする。こんなに早く、繋がりたいと思ったことがあっただろうか。陽子は初めてなのだから、という気持ちよりも、早く陽子の中に入って自身を埋めたかった。

もっと余裕をもって抱きたいのに、そうさせない陽子も悪い。

コンドームの箱から中身を取り出し、嚙み切った。腕にまとわりついていたバスローブを脱ぐと、下着をずらして反応しきっている自分自身にコンドームをつける。

陽子と視線が合うと、戸惑うような目を向けた。

「入れるんですか、それ」

「もちろん」

足を開かせると、泣きそうな顔をした。

た。

初々しい反応に、なんだかもう、と思いながら清泉は自分のモノを陽子の隙間に宛がった。

「あまり、そう言われると困るな。まぁ、ここは、子供だって生まれる場所だしね」

指を軽く立ててると吸い込まれるように入っていく。中で指を曲げると、あ、と小さく声を上げた陽子が腰を揺らした。指を増やすと、濡れた音を響かせる。

こういう音を聞くだけでも、もう清泉は早くしたかった。

セックスなんてもっと理性的にやっていた。愛する人を欲望のまま貪りたいという、そこまでの感情はなかった。なのに、今はもう耐えられない。

「きっと、入るよ」

笑みを向けると陽子は、うう、と言って顔を背けた。

「陽子さん？」

「そ、そんなこと言っても……それ、痛そう」

受け入れる側は女性なので、確かに不安はあるだろうけど。

「でも、好きだから、入れるよ。君と愛し合いたいからね」

清泉は宛がっている自分のモノを、ゆっくりと陽子の中に入れていく。

「あ……っあ！」

陽子は顔を歪めた。だが、清泉も瞬きをして陽子の中の狭さに、息を詰める。きつく締めつけられ、愛しい女の中は最高に気持ちよかった。

「狭いね……イイな」

陽子のそこはたまらなかった。すべてを入れる前から、狭く熱い内部に包まれる。セックスに慣れない童貞ではないというのに、もう自分を解放したくなってしまう。

「まだ……入る?」

「もう少しかな……力を抜いて」

陽子がキュッと目を閉じて息を吐いた時に、彼女の身体を押し上げるようにしてすべてを埋め切った。ぴったりと繋がった身体同士が、これ以上ないくらい熱くなっているのを感じる。

「痛い、です……」

「痛くしないように努力した。すごく濡らしたんだけどね」

笑って見せたけど、もう腰を揺すりたくてしょうがなかった。

軽く身体を動かすと、小さく喘ぐ陽子が可愛かった。

「動くよ、陽子」

清泉は細い身体を断続的に揺すった。腰を打ち付けるたびに陽子の身体から濡れた音が聞こえた。痛みがあるのか、目を閉じている。しかし、清泉と繋がるソコは明らかに潤みを増して受け入れている。

「気持ちいいんだね」

「そ、んなこと……っあん」

清泉も気持ちよかった。

恥ずかしそうな顔をしながら声を上げる陽子が可愛い。確かに狭くて、処女なのに感じるということは、身体の相性がいいのだろう。

「すごく濡れてる……君の中、温かい」

陽子は清泉の言葉を聞き、涙目で見上げてからぎゅっと目を閉じた。それだけで、清泉の身体がどれだけ興奮するか、彼女はわかっていない。

久しぶりのセックスというのを抜きにしても、陽子の身体は心地よく、気持ちいいという感情しか出てこないほどだ。

だから夢中になってしまう。

ダメだとわかっているけど、腰の動きを止められない。それでも少しはセーブして、緩く陽子の細い身体を揺さぶり、胸への愛撫も施す。

「僕は、君で気持ちいい」

陽子が目を開けて清泉を見る。

その目がもう快感に濡れているのがわかり、強く腰を突き上げる。中が締まり、清泉自身を締め付け急激にイキたくなった。

「天宮、さ、ダメ……っ」

陽子の身体も限界に近いようだ。初めての身体が、うねりを上げているのがわかる。

「イキなさい、陽子」

自分もイクから、と耳元で囁いてから腰を打ち付ける。濡れた音、肌がぶつかる音、そして陽子の喘ぎ声だけが耳に聞こえ、ただ清泉は自分の快感を追った。

「あっ！」

陽子が達したのを見たあと、細い身体を何度も突き上げて、感極まり清泉は自分を解放する。

身体が震え、自然と陽子の最奥に留まったまま、何度か小刻みに揺すり上げてようやく動きを止める。

ものすごい解放感と快感。

こんなにイった、と思うのは初めてかもしれない。

こめかみに自分の汗のしたたりを感じ、それだけ自身が興奮し、たまらないほどの感覚を得たのだとわかった。

「は、すごい……」

何度も忙しない息を吐き出し、吸い付くように離れない陽子の中から自身を引き抜く。

陽子は扇情的な姿のまま、身体をさらけ出していた。

これだけ彼女を感じさせたことは、男として嬉しい限りだけど。清泉もまた陽子に感じさせられたので。

「陽子」

頬を撫でると目を開ける。

どこかトロンとした顔をしているのを見て、微笑んだ。

「良かったみたいだね。ちゃんと、イけたし」

陽子はその言葉に我に返った様子で、布団を引き寄せて顔を隠した。

「み、見ないでください」

「もう見たよ。君の身体、最高に気持ち良かった」

だから、次は無理をしないように気をつけよう、とこれからのことを考えてしまう。

「天宮さん……」

「何かな？」

「やっぱり、ちょっと痛いです」

泣きそうな顔をしてそんなことを言うから、清泉は愛しさが込み上げた。

「可哀そうに。でも、君を僕のものにするために必要だった。大事にするよ、陽子」

清泉はそう言って陽子を抱き締める。

髪の中に指を滑らせ、梳きながら顔を引き寄せた。

そのまま唇を重ね、口腔内へ舌を入れる。

「んっ……」

鼻にかかった息とともに小さく声を出す陽子に、たまらず舌を絡める。

たどたどしくもそれに応える彼女が可愛いと思う。

しばし夢中になり、舌を吸い、深く唇を重ね、息もつかせないキスをする。

水音を立てて離すと、あっと声を上げ、深く息を吐き出す。少しだけ呼吸が忙しなくなっているその胸の間に手を這わせ、ゆっくりと息を促すように撫でると、陽子は抱き締め返してきた。

本当に、年甲斐もなく。

こんなに若い子にのめりこんで、欲望のまま細い身体を突き上げて。

「大事にしてください」

可愛いことを言うなぁ、と天井を仰ぎ見て。

もう一度したいと言いたい気分だったが、陽子は目を閉じて呼吸を深くする。どうやら眠りに落ちたらしい。安心しきった顔をしている。

「意外と度胸あるな。まぁ、セックスのあとは、眠くなるけど」

清泉は起き上がり、彼女からそっと手を離した。そして自身からコンドームを取り去りゴミ箱へ捨てると、バスルームへ行き湯でタオルを濡らす。

「起きないでいるんだよ」

そう言って陽子の身体を軽く拭った。足の間も軽く拭き上げると、身じろぎしたので手を離す。

裸の身体に布団をかけ、自分は軽くシャワーを浴びて彼女の横に眠る。

あれだけのことをしたのに、汗をかいていた陽子の肌は柔らかくサラリとしていた。

ヤバいな、と自覚する。

初めて陽子を抱いた今日のことを、ずっと忘れないだろう。この先、もっとずっと、自分は陽子に溺れていく。

「かなり夢中になりそうだ」

陽子の額にキスをし、抱き締めて目を閉じる。

明日の朝、どんな顔をするだろうと思いながら、清泉はただ愛しい人を強く抱き寄せた。

11

目覚めてぼんやりと目を開き、その天井の壁紙が美しいことに気づく。ロココ調の柄が薄く入った白い天井は、プレジデンシャルスイートのやつだ、と思った。

ぼんやりとした意識の中、それを認識するとハッとして目を動かしあたりを見る。

視線の先には、眼下に都会の風景。いい天気だから景色が綺麗だった。

陽子が眠っている場所はプレジデンシャルスイートのキングサイズベッド。ふかふかの上等な布団に包まれている自分に触れると、素肌の感触。

そして、首を動かし隣を見ると、陽子の方を向いて眠っている清泉がいた。

「は……っ！」

そうだ、昨夜この人と、と思い出し顔が一気に熱くなってくる。

『痛くしないように努力した。すごく濡らしたんだけどね』

『気持ちいいんだね』

『そ、んなこと……っあん』

なんてことをやって、言ってしまったんだろう。しかも、清泉と付き合うことになってまだ一カ月もたっていないのに。

陽子は昨日まで処女だった。男の人と付き合ったこともなければ手を繋いだこともない。キスだってしたことがなかったのだ。男の人に興味がないわけじゃないけれど、自分からアクションを起こそうという性格ではないから、彼氏なんて程遠いと思っていた。

そんな陽子が、カニンガムホテル東京の社長と、エッチなことをして朝を迎えるなんて。住む世界が違う、と思うほどただのホテルスタッフである陽子からは、遠い存在の素敵な人。

昨夜のことを思い出すと顔が赤くなる。変な声を出したし、彼に裸を見せて足も開いた。彼氏彼女の関係なら、みんなやってることかもしれないけれど、あんなに足を開かれるなんて。

しかも、途中から何が何だかわからなくて、ただ熱くて蕩けて夢中になっていた。繋がっている部分は痛いのに、清泉が陽子の腰を揺すると、身体の奥が疼き始めて、気持ち良くて。

「ヤバい……あんなの、どうしよう……」

ううう、と両手で顔を覆うと、自分の身体がゴロンと動いたので驚く。肩甲骨に温かい手の感触。どうやら清泉の身体の上に乗せられたらしい。

陽子が覆っていた手を外すと、目の前に清泉の端整な顔がドアップだった。

「おはよう、陽子さん」

「……お、はようございます」

陽子が上から見下ろす形で、朝の挨拶。本当に、なんて朝なんだろう。恥ずかしすぎるし、目を合わせられない。

セックスという行為をしてしまい、陽子は一つ大人になった。信じられないと思うことをたくさんした。それに、その最中に涙を流してしまっていたことも、陽子には受け入れがたいこと。

清泉が陽子の腰を引き寄せると、軽く足が動いたからか、彼と繋がったソコが痛かった。それだけではなくて、内腿の筋肉が痛い。

「痛い？」

横抱きにされて、彼は腰骨のあたりをそっと撫でた。その手の温かさに心地よさを感じるのと、痛いかと問われたことにどう応えたらいいかわからなくて、ただ陽子は顔を伏せてしまう。

「ほら、顔を上げて」

優しく顎に手をかけて陽子の顔を上げようとするけれど、それを頑なに拒んでもう一度顔を伏せた。

「昨日の今日だからね。落ち着いたら、顔を上げなさい」

そう言って、陽子の身体を抱き直した。髪の中に手を入れて、後頭部を撫でられる。もう片方の手は背中の真ん中あたりに添えているだけ。清泉の身体の体温を感じ、陽子は彼の腕のあたりにある手をキュッと握り締める。

彼はそんな陽子の頭に頬を寄せて、額にキスをする。

「君の肌は柔らかいな」

「……そんなことない、です」

陽子の言葉に清泉はフッと笑って、少し強く抱き締めた。

「上を向いた胸が可愛くて綺麗だった。腰の細さもいいし、お尻にかけてのカーブが女性らしく丸くて。素敵だと思ったよ」

清泉の手が背骨をたどり、腰にいき着いた。湾曲しているそこを撫でながら、臀部の丸みを楽しむかのように大きな手が覆う。

清泉が陽子の裸を見て、思ったことを口にする。隙なくスーツを着こなし、仕事に対しては厳しい彼はどこか禁欲的な感じもするのに。

「やめて、ください……顔、上げられない」

「陽子」

縮こまってしまった陽子の名を呼び、清泉は顎に手をかけて、優しく上を向かせた。

「セックス、後悔してる?」

そんなことないから、小さく首を振る。

彼は、どこかホッとした顔をして、そのまま頬にキスをした。

昨夜の清泉は優しかった。彼は陽子の身体を蕩かせ、その声を聞くだけで、どうにかなりそうだった。

あんなに熱く愛され、求められて、陽子は幸せだった。

「じゃあ、どうした？　言って欲しい」

陽子は彼の言葉に目だけを伏せた。そんなこと聞かないで、と思うけれど、今の陽子の態度はきっと悪いと思う。一晩一緒に過ごして、しかも身体を繋げた相手がこんな感じだったら、印象が良くない。

「疲れてたし……痛かった。は、恥ずかしかったし」

「ああ、ずっとそう言ってたね」

清泉がクスッと笑って、陽子の腕を撫でる。

「……あんなの、私じゃないです……変に、涙出ちゃって」

陽子は両手で顔を覆った。何を言っているんだ、と頬が赤くなる。それに、痛いと自分で自覚すると、動かなくても鈍く痛くて、それに中に何かまだ入っている感じがする。

「そう……シャワーを浴びておいで、陽子」

清泉の手がスルリと離れていく。彼は起き上がり、ベッドの上に無造作に置いてあったバスローブを着た。均整のとれた引き締まった上半身があまりにも男らしく、陽子は見入ってしまった。

昨夜はそこまで見る余裕はなかったし、とにかく彼からされたいろいろなことに夢中だった。あのスーツの下はこんなだったと、妙にドキドキしてしまう。

シャワーを、といきなり言われたけど、確かにそうだと頭を振る。昨夜は彼とのエッチなコトのあと、何もせずに眠ってしまった。

とりあえず身体を起こしたが、特に下半身がきしんでいる感じ。そしてやっぱり動くと、秘めた部分が痛かった。しかし、昨夜感じたあの濡れたようなベタついた感覚がないことに気づく。いったいどうしたんだろう、と不思議に思いながらも、布団の下は裸なのでベッドから下りることができなかった。

陽子の戸惑いがわかったのか、彼は近付いてきて、バスローブを肩にかけてくれる。

「下着はバスルームに置いてある。ゆっくりしてきなさい」

そうしてチュと音を立ててこめかみにキスをし、彼は背を向けて寝室を出て行く。服を着るのだろうと思った。彼のクローゼットは寝室ではなく、書斎にある。

ホテルにしては変わった構造だけど、ここが社長の住まいだと思えば納得できる。

「下着、バスルームって……それに、ナチュラルにキス、何回も……」

内心唸りながら陽子はバスローブを着て、床に足をつける。

ふと清泉が寝ていた側を見ると、ナイトランプがついたままだったので、消そうとそちら側にまわった。

「あっ！」

不意にゴミ箱を軽く蹴ってしまい、中身を見てしまう。

『ここの宿泊客は、イイコトしたあとか』

以前同じようなゴミがあった部屋での、清泉の言葉を思い出してしまった。そしてナイトランプが置いてある小さなテーブルの上に例のアレの箱があり、中身がちょっと見えていた。

使用済みのソレを見たことなんて何度もあるのに、自分に使われたものとなると、恥ずかしくてドキドキして見ていられない。

陽子はナイトランプを消して、寝室から出るためにドアを開けると、清泉と鉢合わせる。きっと顔を赤くしているのがまるわかりだろう、と頰を撫でながら横を通り過ぎた。

さらにドキドキしてしまったのは、彼がいつものスーツではなく私服だったからだ。シンプルな足首丈のチノパンとTシャツ姿だった。

「普段、眼鏡なのかな……カッコイイ」

陽子はバスルームに入ってドアを閉めてから呟いてしまう。イケメンが眼鏡ってそれだけで絵になる。視力どれくらいなんだろう、と思った。

下着が洗面台に置いてあるのを確認し、バスローブを脱いで大きな鏡で自分を見ると、胸にいくつかの赤い痕があるのに気づいた。乳房にも脇腹にも一つ。そして足の内側にも一つあり、それだけでまた陽子の胸は大きく音を立ててしまう。

「天宮さん、そんなに私のこと、好き？　エッチすぎる……」

成人女性の陽子は自分が恋愛面では子供だとわかっている。でも、本当に一足飛びにこんなことをして、本当の大人になった気分だ。

シャワーを終えてバスタオルで身体を拭き、服を持ってこなかったから再度バスローブを着た。そしてバスルームを出ると、彼はあたりにいなくて、裸足でリビングへと行く。

「わ！」

「ああ、お帰り。食べる？」

にこりと笑った清泉が指さしたのは、朝なのにアフタヌーンティー。とたんにお腹がすいているのを自覚し、唾をのんでしまう。

「食べます」

「こちらへどうぞ、陽子さん」

彼は椅子を引いてくれた。陽子はバスローブのままだったので気が引けたけど、せっかくなので座ることにした。絶妙なタイミングで椅子が移動し、陽子は良い感じで椅子に座ることができた。

「コーヒー、紅茶、カフェオレ、ココア、どれにする？」

「あ、私、自分で注ぎますから」

慌てて立ち上がろうとすると清泉は、軽く肩を押して椅子に戻す。

「カフェショコラにしようか。好きかな？」

「……はい」

「朝は甘いのが飲みたい時があるんだ。糖分で目が覚める気がする」

清泉は手際よく二人分のカフェショコラを作った。作り方は簡単だけど、その工程があまりにも手慣れていて、瞬きして見つめた。そうしていると、彼はサンドイッチやミニサラダを陽子の前に置き、椅子に座る。

「上手です……給仕」

「一通りに仕込まれてるからね。どうぞ、陽子さん」

彼は陽子だったり陽子さんだったり呼び方を変える。その言い方がどこか丁寧な気がして、本当にドキドキする。

陽子はカフェショコラを飲んだ。良い感じの甘さでとても美味しかった。そしてサンドイッチを食べて、サラダを口に入れたところで気づいた。

「天宮さんは食べないんですか？」

「朝は水とコーヒーか、こういう甘い物で十分。君はやっぱり若いな」

確かに彼に比べれば若いけど。あまり量が入らないが、しっかり食べたい陽子はサンドイッチを頬張る。

清泉は飲み物を飲む仕草さえ決まっていて優雅だ。音を立てずにカップを置くところも、どこか品の良さを感じてしまう。

「美味しい？」

微笑むと倍増する魅力に、陽子はただうなずいてカフェショコラを飲んだ。

「しっかり食べておきなさい。昨日の、今日だしね」

「……うっ！」

そこを今言うのか、と思って陽子はサンドイッチに噛みついたまま彼を睨む。彼がその様子を楽しそうに見たので、視線をテーブルに戻す。

「そんなこと、言わないでください。正直……頭がついていけてないんです」

「どんな風に？」

「……ああ、やっちゃった、っていう気持ちが強いです……しかもカニンガムホテル東京の社長と……憧れのホテルの経営者となんて……」

テーブルに両手を置いてそこに突っ伏すと、清泉が少し声に出して笑いながら陽子の頭を撫でた。

「笑わないでくださいよ。好きな人としたのはいいけど……あまりにも恥ずかしいことをしたし、胸とかに赤い痕だってついてるし……エッチしたあとのゴミだって、やけにリアルすぎて、痛みもあるし」

「ゴミね……まぁ、しょうがない」

彼は可笑しそうにそう言って陽子の頭を撫で続ける。

頭を撫でる手が優しい。彼の笑う時の声も何もかも、好きだ。この気持ちをきちんと言葉にしたいと思った。

「………なんで、こんなに、くすぐったいくらい幸福感があるんでしょう」

「……そうか」

「天宮さん、抱いてくれたのは……嬉しいし、幸せです」

陽子は少しずつ顔を上げた。清泉は眼鏡を押し上げて、陽子の頬に手を伸ばす。手の甲で撫でたかと思うと、指が軽く頬を押す。

「好きだよ、陽子」

いつも微笑んでいる彼が、笑みを消して陽子を見つめてそう言った。

「わ、私も、好き、です」

語尾がどんどん小さい声になっていったけど。陽子はきちんと清泉に伝えた。

好きだから清泉に抱かれた。彼を痛みがあっても受け入れた。

「あんなに、なるとは思わなくて。身体中が焦らされたもどかしさがあって……私、変じゃなかったですか？」

は、と息を吐いた清泉は微かに笑った。

「いや……いい感じに、僕を煽ってくれたけど？」

眼鏡の奥の陽子を見る目が、少し熱を帯びた気がした。

「本当に、起き抜けから君は……ずっと僕を煽ってるんだがね、陽子」

彼は立ち上がって陽子の席まで移動する。

飲みかけのカフェショコラは、もうすでにぬるくなっていた。

あの甘い味は癖になりそうなほどで、もっと飲んでいたいと思ったけれど。

「年上の男をその気にさせてばかり……悪い子だな、君は」

清泉が陽子の唇を親指で触れたあと、輪郭をたどるように押しつけた。その指が顎を持ち上げ、唇同士が重なり合う。

その味は、カフェショコラ。

なんて甘いキスだろうと思った。

「ふ……っん」

椅子から身体が浮き上がる。キスをしながら抱き上げられ、彼が頬と頬をくっつけそこにもキスをする。

「もう一度抱きたい。好きだ、陽子」

耳元で囁かれてくすぐったさとともに、首をすくめたくなるほど感じてしまう。

「昨日の今日で、きついかな?」

チュと音を立て、こめかみにキスをする。

こんな風に抱き上げられて、しない、なんて言えない。それにもう、陽子のお腹の奥が変な感じになってきている。

「……私の服、は、どこにあるんですか?」

思わず口に出したことは変なことだった。この状況で服なんて、拒否しているのと同じだ。

「あ、いや、そうではなくて……ただ、服のありかだけ、知りたくて……」

清泉は額をくっつけてただ声を上げて笑った。

「ははっ！　君はちょっと、斜め上をいくな」

「すみません！　ただちょっと、本当にすみません、この状況で！」

陽子が謝ると、彼は額を離して、歩き出す。その先はさっきの寝室だろうとわかる。避妊のアレが置いてあるのは、寝室だけだから。

思った通りの場所に着いたあと、陽子はベッドにゆっくりと下ろされた。バスローブの紐が解かれ、前を開かれる。

「……っあ」

バスルームには、ショーツしかなかった。ブラジャーをしないでいたので、陽子はもうほぼ裸だ。最後の砦はショーツのみ。

「このままでいなさい、陽子。綺麗だ」

そう言って、陽子の鎖骨に人差し指を当て、そのまま下へと肌をたどる。胸の尖った部分にいき着き、指先で押した。

清泉はまるで陽子の身体を鑑賞しているように見つめる。彼の熱い視線と触れられる感覚に、陽子の身体はどうにかなりそうだった。心臓はものすごい音を立てていて、その振動で胸が揺れているのではないかと思うくらい。

「抱いていいんだか、悪いんだか……どっちなんだ？」

陽子は一度瞬きをして、熱くて苦しい息を一つ吐いた。

「大丈夫、です。カフェショコラで、糖分も補給したし」

清泉はその言葉に笑いをこらえるようにして、陽子の上に体重をかけて倒れ込む。全部の体重じゃないけど、その重みで動けないくらい。

「そうだな……なんかもう、君は若くて、可愛い。どうしてこんなに可愛いんだかね、陽子さん」

可愛いの二連発。

そんなに可愛い容姿でもないのに、この人おかしいんじゃないかと思う。

「か、可愛くないですよ！」

「可愛いよ。可愛いと思っておきなさい」

そう言って彼は陽子のショーツに手をかけた。まさかいきなり脱がされると思ってなかったので、止められなかった。もう裸になった陽子は、どうにでもしてくれ、と思う。

「こんなに簡単に裸になるなんて、ううっ！」

「綺麗だよ、陽子さん。この、ツンと上を向いたような胸、たまらないな」

彼はそうして顔を近づける。

キスをされて、気づいたこと。

「眼鏡、フレーム、当たって痛い」

「眼鏡、カッコイイ、じゃなかったのか？　これは、眼鏡でキスの醍醐味と思って」

聞いていたのか、と思いながら陽子は顔を真っ赤にする。

彼はクスッと笑って、陽子の名を呼ぶ。

「こんなことで顔を赤くして。これからすることの方が、もっとすごいのに」

膝立ちになり、Tシャツを脱ぐ。そしてパンツのボタンに手をかけて、ジッパーを引き下ろした。手を伸ばし、テーブルの上からコンドームの箱を手にして、そこからパッケージを取り出す。

「さて……煽ってくれた分、可愛がらせてもらおうか」

言うことがいちいち甘くて、エッチで。普段の彼からは想像できない。

「スーツ着てたら、そんなコト、言わなそうなのに」

陽子は眉尻を下げ、少し口を尖らせた。

「あれは仕事服のようなものだ。ああ、じゃあ、社長の顔をしたまま、今度はやってみようか。社長命令として僕に抱かれるのはどう？」

にこりと笑って陽子の胸に唇を寄せる。

あんなに隙なくスーツを着たままなんて、と思いながら彼の頭に触れる。そんなの冗談ですよね、と言おうとしたのに、口から出た言葉は違った。

「キス、して」

あの甘いキスが欲しい。陽子が言うと、彼はすぐにキスをした。

少し薄れたけれど、やっぱりカフェショコラの味。

「あ……」

甘いキスに酔いしれ、昨夜の経験からか、彼の首に手をまわす。

清泉はよりキスを深めて陽子の胸を揉み上げた。

カフェショコラのように甘く蕩けるようなセックスを経験するのは、すぐだった。

12

――初めての翌日は、一日中、彼と部屋も出ずに過ごした。

朝から用意されたアフタヌーンティーを食べるのは、一日がかり。紅茶、コーヒー、カフェショコラ、そしてキャラメルミルクティーまで作ってもらった。

食事と水分摂取、糖分補給の合間にはキス、そしてセックス。

陽子は、いったいどうしてしまったのかと呆れるほど、清泉との行為に溺れていたと思う。経験のない陽子があそこまで蕩けきったのは、彼のせい。

『そんな身体で帰せない。腰、怠くないか?』

そう言って腰を撫でる清泉に、何度も首を振って一人で帰ると言い張った。

陽子はTシャツにデニムパンツというラフすぎる格好。しかも、その服はどこにでも売っているようなもので、彼と並ぶとどこかミスマッチだったから。

「何度もするから、怠くなるんだ……もう、まだ身体どこか変だよ!」

あれから一週間。いつもよりも清掃のスピードが落ちている。あの日本当に一人で帰らせてください、と言って逃げるようにプレジデンシャルスイートをあとにした。最寄り駅まで歩いて、自宅近くの駅からは自転車なのだが。

「自転車だって、痛くて乗れなかった……太腿、筋肉痛……」

仕方なく押して帰ったのだが、そのあとは軽くお風呂に入ると電池切れのように深く眠った。あの広いベッドで散々寝たはずなのに、身体は疲れているようだった。

今日の出勤も自転車にトライしてみたものの、やっぱりまだちょっと痛かった。それでも陽子は我慢して駅まで行ったのだ。

それもこれも、清泉のせい。でも、それを受け入れた陽子のせいでもある。

首を振ってとにかく仕事を一生懸命する。浴室を磨いて、シャンプーとリンスそしてボディーソープを補充する。アメニティも綺麗にそろえて、一通り終わった、と道具をワゴンに載せていく。

部屋のドアを開けて、廊下へとワゴンを押し出したあと次は、と一息ついた。

そこでお客様が前方から来るのに気づいて、陽子は端に寄り頭を下げた。

「おはようございます」

「モーニン……ワオ……」

顔を上げると、見たことのある顔だと思った。そこで記憶をたどると、この金髪美人は清泉の腕に手をまわした人だ、と思い出した。

彼女もまた、陽子を見て目をパチクリさせていた。

「あー……ん、あの、イズミの！」

慌てて周りを見て、指をささないで欲しいと思った。

「あの、し、失礼します！」

陽子がカートを押していこうとすると、彼女の長い脚がガッとそれを阻む。

「あん！　いったーい！」

目を見開く。絶対わざとだ、と思ったけれど彼女はお客様だ。陽子は頭を下げて、謝罪する。

「申し訳ありませんでした」

「ごめんなさいね。まさか当たるとは思わなかったんだけど……あら、あなたスター持ちなの？　優秀なハウスキーパーなのね」

にこりと笑う青い目が、まるでお人形みたいだ。それに、何といっても、ものすごい美人。

確かこの人は、カニンガムホテルグループの偉い人たちと一緒にいた気がする。

「私は、アン・マーロー」

アンと名乗った彼女は、ショルダーバッグから名刺入れを取り出した。陽子に差し出すのを見て、両手で受け取る。清泉も確か、彼女をアンと呼んでいた。

名刺には英語でカニンガムホテルグループのＣＥＯ付きのセクレタリーと書いてあった。

「あなたは？」

「私は、坂下陽子と申します」

頭を下げながらそう言うと、彼女は薄いピンク色の唇で笑って見せた。

それにしても日本語が上手だ。多少、英語っぽく話すけど、会話は問題ない。

「ハルコ……そう……お仕事終わったら、連絡くださる？」

「えっ!?」

ふふ、と笑う彼女は首を傾げる。

「あら、無理なの？　私は、明後日CEOと一緒に帰らなければならないから……ちょっと、話してみたいと思ってたの……」

「いえ、あの、なぜ私と……」

突然言われてなんで私と？　と思ったが、彼女は清泉と付き合っていることを、知っているのだろうか。

どちらにしても、陽子のような一介のハウスキーパーが、このアンのような綺麗で会社でもそれなりの地位がある人の誘いを、断れるわけがない。

陽子はいぶかしむように見上げて、身を硬くした。

「警戒しなくて大丈夫。話をするだけよ……そうね、あなたのシフトは何時まで？」

「十五時まで、です」

「じゃあ、そのあとどう？　アフタヌーンティーでもいかが？」

それは一週間前、清泉と一日がかりで食べた。だって起きたらキスをし、清泉がエッチなことを仕かけるから。なんであんなに一日中していたんだろうと思う。

映画の中や、ドラマの中でだけと思っていた行為が、陽子の身の上に起きた。

「いえ、アフタヌーンティーは……ただ、ケーキとお茶だけでいいでしょうか?」

きっと食べたら清泉のことばかりを思い出すだろう。

「じゃあ、このホテルのカフェで待ち合わせましょう?」

「でも、私、ラフな格好で出勤していますから。できれば、外の方が……」

「どこか知ってる?」

「はい、ホテルの近くでよければですけど」

アンはにこりと笑って、じゃあ決まりね、と言って陽子の肩を撫でた。

「必ず電話してね。待ってるから、ハルコ」

そう言って彼女はあまり音を立てずに歩き、エレベーターに乗るために角を曲がった。

陽子は大きく息を吐き出して、肩の力を抜く。

「なんか、ちょっと、天宮さんに似てる、かも?」

歩き方、ちょっとした雰囲気、話し方が彼と似ている気がしたのだ。

何がどうして、彼女のような美人のセクレタリーとお茶をすることになるんだと思う。

きっと清泉のことに対して何か思うところがあるのだろう。陽子はただのハウスキーパーだし、ブルースターをもらったとしても、何も持っていない女だから。

気が重い、と思いながら次の清掃作業へ取りかかった。

☆　☆　☆

陽子は気が引けたけれど、アンに電話をかけた。彼女は明るい声で嬉しそうに対応し、陽子が指定した場所へと来てくれた。

カニンガムホテル東京は地下鉄の通路と直結しており、立地もよければアクセスもいい。地下鉄の改札まで来てもらい、陽子は電車で隣駅へと一緒に向かった。

「こうやって電車にも簡単に乗れる場所にあるのに、経営そのものが低迷してたなんてびっくりだわね。そう思わない？　ハルコ」

アンからそう言われて、確かにそうだな、と思うけれど。

「私はその頃を良く知らなくて……でも、財布の紐を締める方はいますから」

「イズミはカニンガムホテル東京の宿泊価格を下げてはいない。むしろ価格の高いプランを作ったのに人気よ？　それはどうしてだと思う？」

アンはカニンガムホテルグループの中心にいる人だ。そんな人からこんな質問をされても、陽子は困ってしまう。

「よくわからないです。私が初めてカニンガムホテル東京に泊まった時は、素敵なホテルだと思いました。接客も良くて、食事も美味しかったです」

「あら、そう。泊まったことがあるのね」

ニコニコとしている彼女は、電車が停車すると陽子を見て、ここで降りるの？　と聞いた。うなずくと一緒に降りたが、それでも笑みを浮かべて陽子を見つめる。

「どうしたんですか？」

「いいえ……カニンガムホテル東京、好き？」

「もちろんです。だから就職したんです」

地下鉄の改札を通り、階段を上るとすぐに小さな喫茶店がある。通りの陰になっているため、穴場で人が少ない。でもコーヒーや紅茶も美味しくて、種類も豊富なのだ。

なんだか機嫌が良いアンと一緒に店内に入ると、いつも陽子が座る席が空いていたので、奥の方にあるそこに座った。

ケーキセットを注文し、アンは紅茶、陽子はブレンドコーヒーを頼んだ。

「ホテルに泊まっている人って、強いわがままは言わないけれど、ある程度言うお客様はいるわよね」

「そうですね」

唐突に話し出す彼女は、先に出された水を飲んで微笑んだ。

「日本では水はサービスでしょう？　私が住んでいる国では、サービスじゃなくてお金を取るところもまだある。でも、こうやってお水を出されると、いいわよね」

「そうですね」

さっきからそうですね、としか言っていない陽子もまた水を飲んだ。いったい何が言いたいんだろう。

陽子は居心地悪く、そっと顔を上げてアンを見る。

「カニンガムホテル東京は、贅沢なホテルだわ。なのに、部屋の雰囲気や調度品がまぁまぁだったら、一度来たからいいかな、って思う。それに、食事が普通に美味しいくらいだったら、ここは東京だし、もっとお金を出せばいいものが食べられる。接客だって、ある程度いいかな、だったらほかの高級ホテルでもいいはず……本当にちょっとしたことなのに、ずっとそのままだと誰もが慣れてしまうのよね」

そうして水の入ったグラスを揺らして、彼女は首を傾げた。

「イズミは、いつもそういうちょっとしたことを改善して、ホテルを立て直してるだけなの。本当の贅沢なホテルを知っているからこそできるのだと思う。小さな努力を重ねなければ、カニンガムホテル東京が良いホテルでい続けられないのよね。いっぱい、人が辞めたんでしょう?」

「私が、入る前には特に、らしいです。入ったあとも、結構辞めていった人がいました」

「忙しかったでしょう?」

「それは、もう……でも、新人の私にも丁寧に教えてくれました。プロ意識を感じるような、そんな先輩たちをつけてくれたので、忙しくても頑張れました。まかないのご飯も美味しいし……」

陽子たちスタッフは、望めばたった五百円でホテルのご飯が食べられる。それはワンコインでもとても美味しい。

「イズミは一番にスタッフ教育、二番にホテルの料理に力を入れたのよ。壁紙の張り替えは、三番目くらいだったかな……あなたはそのあたりをわかってくれてるみたいだから嬉しい」

先に紅茶とブレンドコーヒーが運ばれてきた。次に頼んだケーキが運ばれてくる。

「イズミとは長い付き合いなの。年齢は彼の方が四つ上なのだけど、幹部候補として接点が多くて。いつも笑顔で前向きな人。柔軟な考えを持っている反面、これという時にはこだわりも強くて。クールなんだけど、基本的に優しい。何よりも人目を引く容姿で、いつまでも年を取らない魔性も宿してる。素敵で魅力的よね？　イズミ・アマミヤは」

美味しい、とケーキを頬張る彼女は、少しくらい顔が歪んでも美人すぎるくらい美人だ。アンが言っていることは、きっと清泉の本質なのだろうと思う。そして、本当によく知っているのだとわかる言葉の羅列。

もしかして元彼女？　と思いながら陽子もケーキを食べた。

「どんな女の子なんだろうと思ったわけ。だって彼ったらあのパーティーでずっとあなたのことを見てたんだもの」

「えっ!?」

あの清泉が陽子をずっと、だなんて想像できないけれど。嘘ではなさそうで陽子は内心焦った。

「鼻の下が伸びててビックリよ……しかも、なんだっけ？　十三歳も離れてる女の子をなんて……若すぎる。男ってやっぱり若い子好きなのね、って思っちゃった」

「そうなんでしょうか……？」

アンが目を眇めて陽子をじっと見る。そして、大口でケーキを頬張り、大きくため息を吐いた。陽子はそれがまるで値踏みをされているかのように思えて、視線を泳がせてしまう。

「イズミのどこが良かったの？　やっぱりあの素晴らしい容姿？　それとも……社長だから？　お金持ってるからね、イズミ。年上のオジサンですもの、優しくされたかったたか？　プレジデンシャルスイートに住んでいるような彼に、お姫様扱いされたかったとか？　あの鼻の下の伸び方から言って、何でも買ってくれそうだし、わがまま聞いてくれそうだもんね」

あとは、と考えながらアンは最後の一口を頬張って、モグモグと口を動かす。

彼女の言うことから察するに、もしかして、清泉の女性遍歴とかいうものだろうか。彼にはそういう人たちが寄ってきているとか。パーティーの時、あの年で社長だから将来安泰、と言っていた人もいた。

清泉のそういう面を見て結婚したい、と考える人はいるだろう。アンの言う通り、彼は素晴らしい容姿をしているし、人目を引く。カニンガムホテルロンドンの社長を経て東京で社長をしているのだから、清泉のこれからは約束されたようなものだ。年上だから優しくしてくれそうだし、たぶんお金も持っているだろうから陽子がねだれば何でも買ってくれそう。

でも、陽子自身はそんなことは望んでいない。

彼を好きなのは、彼だからだ。仕事に対して厳しいことを言われたら、もちろんムッとくることもあるがそれはいつだって彼が正しい。彼の所作はとても綺麗で、同じホテルで働いているものとして、手本になる。

陽子の名を呼ぶ時の優しい声や、ちょっとした仕草、眼鏡をかけている横顔。どれをとっても陽子をときめかせ、尊敬できる。

彼が彼ではなかったら、きっと惹かれないだろう。

恥ずかしいことこの上ないアノ行為も、彼は優しく時には熱くて。痛みがあっても受け入れることができたのは、彼が陽子を好きだと言ってくれるから。

陽子は顔を上げ、まっすぐにアンを見る。

「本当にそうですけど……自分でもわからないけど、天宮さんが天宮さんじゃなかったら、ダメだったと思います。年上だし、そんな年齢の人と私がなんて考えたこともなかった。それに、彼から好きだなんて言われるような要素、どこにあるのかわからない時もあったり……でも、私、天宮さん好きなんです」

最初は遠目で見るだけで、憧れていただけ。隙のないテキパキと仕事をする姿。ホテルに泊まる前、初めて声をかけてもらったあの時の思い。

こんなに素敵な遠い世界にいる人が、と思って嬉しくてドキドキしていた。

ほとんど足音を立てないホテルマンらしい歩き方。パーティーで微笑んでいた社長の顔もすべて。

「……彼、ロンドンで社長になる前、苦しい時期があったのよね。スイスにいた時、仕事がうまくいかなくて、結局……カニンガムホテルベルンは撤退するしかなかったんだけど。ちょっと長く苦しかったかな……スイスの前も上司に恵まれなくて。公私ともにいろいろあったけど、聞いてみたい？」

ああ、本当にいろいろ知っているんだな、と陽子は感じた。けれど、それは他人の口から聞くのと、本人の口から聞くのとでは違う。それに、清泉のプライベートを勝手に聞いてしまうのはいけないことだと思った。

「それは、できないです。天宮さんがもし、何かの拍子で話すことがあれば、聞きたいですけど……そういうこと知らなくても、私は今の天宮さんが好きなので」

子供な陽子だが、そこはきちんとわかっている。

人から何かを聞いて彼を知るのは、誤解を生じることもあるだろう。話したい過去ではないかもしれない。彼が、もし陽子に話すことがあれば、きちんと聞きたいと思う。

それに、アンの言う通り公私ともにいろいろあっても、清泉はそれを乗り越えてきている。

いつも微笑んでいる、あの優しげな姿の彼をそのまま信じていたい。

「そう……聞きたいかと思ったのに」

「勝手に聞くことはできないです」

陽子がコーヒーを飲むと、彼女もまた紅茶を飲んだ。

「まぁ、イズミのことを本当に思っているのなら、いいわ。彼はこれからも重要なポストを任されるだろうし、何よりもロンドンと東京のカニンガムホテルを立て直したわけだし」

「すごい人に好かれて、幸せです」

自分に自信がなかったけど、今なら堂々と彼女には言える。

「私は天宮清泉さんが好きです。これからもずっと彼だけ好きでいたい」

アンは陽子の言葉にただ笑った。そうして彼女はフォークを持ち上げ、陽子のケーキの最後の一口を奪う。

「あっ！」

「だっていつまでも食べないんだもの」

まさかのことに、陽子は口を開けてアンを見る。こんなことしそうにない人に見えるのに。

「まぁ、私の方が長い付き合いだし、イズミのことはよくわかってるんだけど。あなたの気持ちは本物みたいだしね」

微笑んだ彼女の手元を改めて見ると、左手の薬指にはキラキラと光る指輪が二つある。

陽子の視線を感じたのか、アンは左手を掲げて見せる。

「素敵でしょう?」

「はい」

「清泉にねだれば買ってくれるかもよ、こんなのは朝飯前よ」

日本語の朝飯前なんてよく知っているな、と思いながらも陽子は緩く笑って見せた。

「そんなことできません。セレブではないので……本当に日本語上手ですね」

「イズミに教えてもらったのよ」

にこりと笑う唇に、ああやっぱり、と思う。アンは清泉の元彼女だ。きっと彼に日本語を詳しくじっくり、それこそ公私ともに教えてもらったのだろう。

「教えるの、上手そうですよね」

「上手だった。それこそ発音の舌の動きも、しっかりとね」

その言葉も何もかも意味深で、陽子はちょっとムッとしたけれど。

「でも今は、ご結婚されているんですね」

「そう! 夫は小さなコンビニ店のオーナーでね。毎日若い子とじゃれ合ったり、注意したりしながらやってるんだけど。本当に良い人。私と結婚する時、ずいぶん悩んだみたいだけど……私は彼を幸せにできる自信があったわ」

彼女はきっぱりと言った。どこか微笑んで頬を染めているように見える。

「この指輪もね、夫はものすごく奮発して、五年ローンよ。私と彼は結婚してまだ二年なんだけど、ローンはあと三年残ってて、その間にこの指輪はどんどん劣化していくってわけ」

そう言いながら、アンは手元の指輪を愛しそうに見つめた。大粒のダイヤモンドがついているそれは、とても綺麗で陽子も見入ってしまう。

「指輪の価値はなくなっていきながらも、ローンは残る。本当に馬鹿で、愛しい人だわ」

幸せそう、という言葉が似合うアンの表情。

ちょっと羨ましいほどだった。

「いつかイズミにこんな指輪がもらえるといいわね。その時は社長夫人じゃないの」

「……社長夫人とか、そんなこと、望んでません」

心からそう思っている。でも、彼と結婚したのならそうなるのだろう。陽子に限らず誰でもだ。

社長夫人となっている自分が想像できず、まだ付き合いたてなのだから、考えるだけ損な気がした。

「そうね。あなたはそうかもね」

彼女はただ微笑む。

清泉はこの人をどんな風に愛したんだろう。

もうすでに心が乙女化しているのを感じて、心の中で首を振る。

こんな風になったのは清泉のせいだ。

もしも彼に口説かれたりしなかったら。陽子は彼を遠巻きに見て、ただ目の保養だけにする。今日もカッコイイな、と思うだけの日々だっただろう。

その瞬間、ものすごく今、清泉に会いたい、と思った。

アンは良い人だ。たぶん今でも清泉のことを少なからず思っている。だから陽子と話しているのだろう。

でもちょっとした不安はつきもので。

彼はどうしているのだろうと思いながら、コーヒーを飲み干すのだった。

13

「ハルコはイイ子ね、イズミ」

アメリカに帰る予定の前日の午後、清泉のデスクの前にやってきたアンはいきなりそう切り出した。

にこりと笑ったナチュラルな色の唇は、やや大振りで色っぽい。昔はこの唇が好きだったな、と少しだけ思い出し、清泉は微笑んだ。

「そうだろう？　君と違ってね、アン」

アンは片眉を少し上げると、そのままスッとファイルをデスクの上に置いた。

「幸せになるのは結構だけど、あんなに若い子、あなたに下心があるかもよ？　口ではそんな素振りなかったけど」

いったいいつ陽子と話をしたのか。清泉だって彼女を抱いた翌日以降、話をしていないのに。アンの誘いには応じて、なぜ自分の誘いを断るんだ、と心穏やかにはいかない。

「そうか。ところで君は、いつ帰る？　エドは明日帰ると言っているけど、本当かな？」

ファイルを手に取り、清泉もアンに笑みを向けた。彼女は微笑みを顔に張り付けたまま、軽く舌打ちした。

「エドワードは明日の午前の便で帰る予定。私も一緒に帰る、夫が待ってるから。私の愛しのダーリンは、あなたと違って情熱的で、セックスも官能的だもの」

「でも君、当時は僕の下でよがって情熱的で、何度もイってたようだけど……もしかして、演技だった？」

清泉はファイルを開いて、書類に目を通した。見ただけだが、ため息が出てしまう。

ふと顔を上げるとアンは明らかに怒った顔をして、清泉を見つめる。

「知らない、そんなの！　あなたは下手だった！　特に誘い方が！」

「誘い方の問題か……セックスが良くなかったわけじゃなくて安心した。で？　僕の陽子に接触して、どうした？」

眼鏡をカチ、と押し上げるとアンはため息をついた。

「座る、ソファー」

「どうぞ」

社長室にあるソファーに座ったアンは、足を組むと清泉を手招きする。

「あなたも座るのよ」

ポン、と自分の隣を指定するようにソファーを叩き、アンは少し怒ったような顔をした。

「……はいはい」

しょうがなく立ち上がり、清泉はアンの隣に座る。先ほどの書類の内容は、また異動をしなければならない仕事だった。全く人使いが荒い、と清泉は頭痛がしてきそうだった。

「下心があるわ、絶対に」

「それは今のところないな。これからもないだろう」

「今だけよ！　きっと、アクセサリーとか服やバッグも要求されるってば。そんな素振りは見せなかったけど、今、見せなかっただけよ」

アンは本当に女性らしい。こういう勘繰り深いところも、嫌いじゃなかった、面白くて。それなのに仕事をする時は、デキる女になるのもギャップがあり、好きだった。

「要求、してくれると思う？」

「するわ、絶対に」

断言した彼女に微笑んだあと、清泉は視線を落とし、眉間に皺を寄せる。

「一晩過ごして、翌日もずっと一緒に過ごしたのに、僕が送っていくと何度言っても、送らせてくれなかった。それどころか隙を見て逃げ出して、あとからメールで帰りました、と言ってくる。それに、昨日は会いたいと言ったのに、身体が辛いから会いません、とメールが入っていた。僕が贈ったアクセサリーは一向に身に着ける気配がないし、可愛いことを言うくせにすげなくされてしまう。いっそ、そういう要求があったら、少しは気持ちがわかるのに。なんでああも、頑なところがあるんだか」

ため息をついて、本当にどうして、と思う。

『一人で、大丈夫です。きちんと帰れますから！』

彼氏とセックスをして、それが全くの初めてだった。そんな彼女を送っていくのは、彼氏の清泉としては当たり前のこと。そして、送られてくれるのが当たり前だと思っていた。送るから、と清泉が車のスマートキーを手にして戻ると、もう陽子はいなかった。

ほんの数十秒の間だった。そのあと陽子に電話をしても出ないし、ホテルの外まで出て探したのだが、彼女はいなかったのだ。

そこで、陽子がどうやって通勤しているのか、どんな道を使って帰るのか知らない事実に愕然とした。彼女はホテルスタッフだから、たくさんある出入り口や非常階段はよくわかっている。また、彼女のスタッフカードをかざせば、どこにだって通り抜けて行ける。

「君くらい、女性らしい反応をする人だったら良かったのに。どうせ君のことだから、元カノでした、と匂わせるようなことを言ったんだろう？　君は本当に、素敵にわかりやすくて、面白い」

「……あなた本当に、何気に私のことをバカにするわね。まぁ、そのからかわれている感じ、好きだったけど、別れて正解だったと思う。優しさの仮面をかぶる男よりも、真に優しい男に女は靡くもの。優しくしないからじゃないの？」

清泉はアンの言葉に苛立ったが、そこで新たな自分がいることを確認した。

たかが恋愛、と思う時もある。その恋愛に現在の自分は振り回されているようだった。

こんなことくらいで苛立つ自分は初めてだ。

あの陽子に、優しくしないなんてことはない。清泉は、彼女が好きなのだ。

すべてを表現できないが、仕事に一生懸命で真面目で、日本人らしい切れ長の目が好きだ。はっきりものを言うが、どこか表現できず戸惑っている表情もいい。脇腹から腰にかけてのラインは若いだけあって綺麗だし、彼女の小さめのバストは張りがあり、美しい。清泉の手には小さすぎるけど、それが可愛いのだ。

清泉の腕にすっぽり包み込める、細い身体が好きだ。柔らかい感触がするし、抱き締めると恥じらうような仕草もたまらない。

「優しくした。君よりもずっと……今までの誰よりもね」

恋愛は確かに面倒がつきまとう。だから、誘惑されても簡単には靡かないし、セックスには溺れない。好きな人ができれば、それだけ考えることが多くなる。身体の関係を持てば、相手はもっと、と求めてくる。心も身体も、というのはわかるが、清泉はただ一定の距離を保ちながら、愛し合いたい人だった。それなのに、陽子とはそうはいかない。いつも清泉ばかりが必死な気がする。

「それは、羨ましいこと。でも、そうやってすげなくされるってことは、本当は好きじゃないのかも？」

「……傷つくな。でも、そうかもしれない」

今までずっとそうやってきた。でも、陽子を好きになって気づいたのは、一定の距離を保っていた自分は、今まで付き合った相手に優しくなかったということ。

優しくしているつもりだったのだろう。しかし、陽子から今日は会えないというメールが届いただけで、憂鬱になる自分がいる。きっとアンも、清泉からそう言われた時には同じ気持ちだったかもしれない。

「悪かったね、アン。僕は君に優しい彼氏じゃなかった」

アンは何も言わず清泉を見つめ、自分の腕を清泉に絡めた。そしてそのまま寄りかかり、頭を肩にあずけてくる。

「気づくの、遅い。許せないわ、今になってそんなことを言うなんて」

「人間は日々成長するものだから。申し訳なかった」

さらに腕に力を込めるアンに、ただ微笑んだ。彼女は少し顔をしかめたが、清泉から視線を外さない。

「普通ならここでキスでもするものじゃない？」

「既婚者にそんなことをする気はない。身持ちが堅いんだよ、何度言わせる？」

アンはそっと清泉から腕を離すと、ため息をついた。

「ハルコのこと、本気なのね……じゃあ、どうする？　さっきの書類、見たでしょう？」

「エドはすごい。一度撤退したスイス……今度はジュネーブか」

清泉はアメリカでしばらく働いたあと、カニンガムホテルベルリンで勤務した。当時は営業部門の責任者で、当時の社長は保守的すぎてなかなか企画が通らなかったが、どうにか成績を上げていた。その腕を見込んで、とＣＥＯのエドワード・バルドーはスイスにあるカニンガムホテルベルンへと、清泉を異動させた。

しかし、配置は管理部門責任者としてで、その時にはすでにカニンガムホテルグループ撤退が決まっていた。清泉は一年以内の撤退をスムーズに行うよう指示され、それを実行した。

もちろん、ホテルスタッフからの恨みも買ったし、リストラをしたスタッフもいる。ベルリンから引き続き、ツイてない、と思ったものだ。

撤退を完全に仕上げたあと、清泉はさらにカニンガムホテルロンドンへ社長として異動。カニンガムホテルグループは、世界一は保っているものの経営不振気味であり、スイスの次はイギリスからの撤退だったらしい。だが、イギリスからの撤退は避けたいエドワードは、再建を清泉に頼んだのだ。

「もう、そろそろ安定させて欲しい。疲れるよ、立て直しはね。初めからやり直しはもっとだ」

「そう言いながらも、行ってくれるでしょう?」

肩をポン、と軽く叩いてアンはもう一度腕を絡めてくる。

仕事なのだから、もちろん、と言いたいところだ。でも、まさかよりによってこのタイミング、と清泉はため息をつくしかない。

「あなたは恋を取る？　仕事を取る？」

にこりと笑うナチュラルな色の唇を見て、清泉はただいつものように表情を作った。

「面倒な人だな、君は」

清泉はアンの絡んだ腕を離した。

「君に優しくしなかったのは反省している。ほかの男と幸せになってくれて、嬉しい。けどね、アン……僕の思い人にちょっかいを出すのは許しがたいね。もう二度と、妙なことを吹き込まないで欲しい」

アンは肩をすくめて、はいはい、と返事をしているようだった。

「結局は色ボケじゃない。エドには期待外れだったたって言っておく」

「僕に期待外れというのは無礼だと思うけど？」

アンは軽く舌打ちをして、意地悪そうな顔をして笑う。

「恋愛を取るような男に言われたくない」

「スイス行きはもう、カニンガムホテル東京の再建が落ち着いた時……半年近く前から打診されていたし、決めていた。陽子に恋をする前にね」

驚きで青い目が見開く。それを見て、アンの頭を撫でた。

「CEOに一番近い場所にいても、すべてを知っているわけではないということ。ドイツでの業績、スイスからの速やかな撤退、イギリス、日本での経営再建。これだけの実績をもって、スイスに行くのは楽しみだ」

清泉は立ち上がり、アンの横を通り過ぎてデスクの上にある書類を見る。清泉はそれにサインをすると、彼女に差し出した。

「CEOに渡しておいて。決めた仕事はやり遂げるし、陽子との恋も遂げてみせるよ」

書類を受け取り、彼女は清泉を見上げた。そうして、ソファーから立ち上がってちょっとだけ笑ってから、清泉に抱き着いてくる。

「好きだったのよ、あなたをずっと。でも、きちんと振り向いてくれなかった。スイス行きも決まっていたなんて、本当に嫌な男」

「もうそれくらいに。不倫と誤解されるのはごめんだ」

アンを引き離すと、彼女はうなずく。

そして、笑みを浮かべ背を向けるとそのまま部屋を出て行った。

清泉は、ふう、とため息をついて眼鏡を押し上げる。

小泉陽子の存在が坂下陽子だと気づく前から、スイスに行くと返事をしていた。新たなホテルが開設されるのは、これから半年以上、一年近く時間がある。大型のホテルを買収したのはいいのだが、改装までに時間がかかるからだ。

「さて……今度は陽子か。どうしたら、もっと近づいてくれるんだか」

今日は出勤しているはずだから、と思いながら彼女の姿を思い浮かべる。

付き合ってほとんど間もなく抱いてしまったが、抱いたらもっと、欲しくなってしまった。

「存分に可愛がりたいな」

遠距離にそのうちなるだろうが、心をしっかり結びつけておけばいい。陽子は真面目で恥ずかしがりや。そして何より初心《うぶ》だから、心があちこちに向くことはないだろう。

ただ人の心は移ろいやすいから、移ろうことがないくらい愛して、彼女の身も心も自分に繋ぎ止めておきたい。

そのために、もっと陽子のことを好きだと伝えることが先決、と清泉は思案するのだった。

☆　☆　☆

ハウスキーパーの責任者である立田に声をかけ、陽子がどこにいるのかを聞いた。

「坂下さんの仕事の邪魔はしないで欲しいですよ？」

「もう終わりの時間だと思うけど？」

清泉が時計を見ると、彼はため息をついた。

「今だったら十五階の１５２５号室にいると思います。たぶんもう、清掃が終わって、ワゴンを片づけるところではないかと思いますが」

「ありがとう」

清泉が微笑むと、立田は肩をすくめた。

「お付き合いでもされているんですか？」

「そうだよ。最近、なかなか会ってくれなくてね」

あっさり認めた関係に、立田は軽く目を見開いた。が、彼はまた肩をすくめ、小さくうなずく。

「そんな気がしてました。やたらしつこく、坂下さんに絡むし。何がどうしてそうなったかなんて、きっかけはどうでもいいですけど。大事にしてくださいね。あなたと別れたから辞める、なんてことにならないように」

「君に言われなくても、大事にする。手放さないから」

彼はまたうなずいて、笑みを向けた。

「早く行ったらどうですか？　帰ってしまいますよ。彼女、仕事がとても速くて正確ですからね」

「わかったよ。今度、飲みに行こう。じゃあ、また」

立田の肩を軽く叩いて、彼が教えてくれた階へと向かう。

昨日は会ってくれなかった。今日もこのまま会わないようにして帰る気だろう。清泉は彼女の顔を見て、声を聞いて話がしたかった。

知らず歩を速めている自分に気がつき、内心笑ってしまう。そして、目的の陽子はワゴンを押して清掃を終えた部屋を出るところだった。

「陽子さん」

声をかけると、驚いた顔をする。そしてあたりを見てから、ワゴンの取っ手を握り締めるのが見えた。

「社長、お疲れ様です」

頭を下げる陽子を見て、清泉はさらに近づき、まだ開いている部屋のドアをさらに開けた。

「あの？」

「話をしたいんだ、陽子さん」

陽子を引っ張り込み、ワゴンも引っ張って部屋の中へ入れる。清掃が終わった部屋は、デラックスダブルルームだった。大きなソファーと一人掛けのソファーが置いてある、少し広い部屋だ。

うつむいたままの陽子を見て、清泉は彼女の顎に手をかけて上を向かせる。

「黙って帰るなんてね」

「すみません。だって、あの……」

「ん？」

清泉が首を傾げると、陽子は顔を赤くして目を閉じた。

「恥ずかしくて……それに服、ラフすぎだったので」

可愛い仕草をしながらそんなことを言うから、と清泉は陽子を抱き締める。

「送りたかったよ、陽子さん。身体、大丈夫だった？」

覗き込むようにして問うと、陽子はそのまま身体をあずけてきた。

「きっと、天宮さんの車、入らないですよ。細い道を通らないと、アパートに入れないし。それに私の家、天宮さんが住んでいる場所と比べものにならないくらい、狭いので」

「別に家には入らないし、車は停められるところまでで、あとは歩いて送っても良かった」

「そうですね……すみませんでした。本当に慣れなくて」

「ところでもう一度聞くけど、身体は平気？」

陽子は清泉の腕の中でコク、とうなずく。

こうやって抱いていると、自分の腕が長く感じる。それくらい陽子は清泉の腕にすっぽりと収まる。

頬を包みながら顔を上げさせ、顔を近づけキスをする。柔らかい唇を啄み、それを深めていく。それだけで、一気に欲しい気持ちがせり上がってくる。

彼女の唇に夢中になってキスを深め、抱き締める腕に力がこもった。陽子は最初清泉の胸のあたりに置いていた手を背中にまわす。腕の下から手を通し肩を抱き締め、指先を押しつけてくる。

「ふ……っん」

甘い声を零す陽子を抱き上げたのは自然なことだった。近くにあった一人用ソファーに乗り上げ彼女を下ろすと、唇を離し見つめる。

「君は、悪い子だな、陽子。僕は客室でセックスをしたいと、思ったことなんてなかったのに」

ブラウスワンピースデザインの、ハウスキーパーの制服を脱がせようとボタンに指をかける。息で上下する胸を見ると、いっそう気持ちが高まり、早く脱がせたいと思った。

「優しくしてください。そうでないと、自転車、また乗れなくなります」

顔を隠しながらそう言うのを聞いて、清泉は聞き返した。

「自転車？」

「通勤に使ってるんです。今日から乗ってきたけど、痛くて乗れなかったから……天宮さんの、大きいし、優しく、して欲しいです」

そうやって両手でさらに顔を覆うのを見て、清泉は瞬きした。

「……ああ、陽子、力が抜ける……ははっ！」

笑った清泉に、陽子は隠していた両手を外し、軽く睨んだ。

「笑い事じゃなくて！　私あの日、自転車押して帰ったんですよ！　太腿の内側、筋肉痛だった！」

もう、と言って清泉の肩を軽く叩いた。

初めてだったから、それはしょうがない。自転車に乗ってきていることなんて、初めて知った。

「やっぱり送らせて欲しかったな」

「……そうしたら、自転車置いていくことになるじゃないですか。通勤に困ります」

そうして横を向くのを見て、陽子の頭を撫でてから、頬に触れる。

「痛くしないよ、陽子」

彼女の膝を撫でながら上へと移動させる。そしてストッキングとショーツに手をかけてそれをずらす。陽子はただ大きく息をしながら、抵抗しなかった。

「もっと陽子のことが知りたいんだ」

まだ日の高い時間にこんなことをする背徳感。それだけ早く彼女を愛したい。

中途半端に外したボタンを、さらに三つほど外す。背中に手をまわすと、軽く浮き上がるように反応したので、そのままブラジャーのホックを服の上から指先で外した。

陽子は胸を覆うように腕をクロスしながら、清泉を見上げた。

「自転車、乗って帰ります、私」

「まだそんなことを言うか。もう黙りなさい、陽子」

しー、と人差し指を陽子の唇に当てて黙らせる。

彼女は赤い顔をして、何度も瞬きした。

「僕の部屋に泊まればいい。それが嫌なら、車で送る。今日は逃げるのはなしだ」

「でも……」

「約束しなさい。こういう時に悪いけど、僕は君の上司だ」

にこりと笑ってそう言うと陽子は下唇を噛んだ。

「わかったかな?」

「意地悪」

「意地悪で結構」

陽子の反論を聞かず、清泉はさらにストッキングとともにショーツを脱がせていく。足を上げ、片方だけそれを脱がせると、少し足を開かせて閉じられないよう膝を割り込ませる。

「あ……っ」

陽子が切なそうに吐息を漏らす。

清泉は足を開かせるように、膝で彼女の足を持ち上げた。潤んだ目で、また緊張したように顔を横に向けるのを見て、その首に噛みつきたいと思う。

けれどそれは理性でもって止めて、ただそこに顔を埋めキスをするだけにとどめた。

もう抱きたくて限界で、陽子の胸に手を伸ばし、優しく揉み上げるのだった。

14

陽子は自分が清掃をした部屋の、一人掛けのソファーの上にいた。

カニンガムホテル東京の社長、天宮清泉と付き合い始めて、まだ間もないのに身体を許した。

自分がこんなに簡単に、と思うほど彼に抱かれるのは早かったと思う。普通の恋人同士がどれだけの時間をかけて抱き合うのかわからないが、せめて一カ月はと思っていた自分がいた。

でも、あっさりとそれは覆されてしまう。清泉が好きだからというだけではなく、彼の誘惑に勝てなかった陽子も悪い。でも、恋愛初心者に対して大人の雰囲気や色気で落とす、清泉だって悪い。

さっき彼は陽子を悪い子だと言った。客室でセックスをしたいと思わなかったと。陽子のせいだと言っているようで、それに対してちょっと思うところはあったが、彼の熱い目に言い返すことができなかった。

清泉は器用に服の上からブラジャーのホックを外した。あの金髪に青い目の彼女にも同じことをしたのだろうかという思いが過ぎる。けれど、そんなことを考えるのは少しの間で、清泉はさらにショーツやストッキングを脱がし、足を閉じられないように膝を割り込ませた。

「あ……っ」

それだけではなく、足を開かせるように膝で陽子の足を持ち上げる。制服のスカート部分がずれて、きわどい部分まで捲《めく》り上がる。

陽子は恥じらうように顔を横に逸らした。目をきゅっと閉じて小さく息を吐きだす。

清泉のスーツからはいい匂いがした。そう思っていると、首筋に唇の感触、そして匂いがさらに近づいて、身体が密着した。

「ん……っ」

彼の手が、服の胸のあたりをかき分け、入ってくる。大きな手が陽子の小さな乳房を覆い、ゆっくりと揉み上げてくる。片方だけ揉んでいたかと思うと、反対の胸も彼の手に覆われ、少し強く触れてくる。

「あま、みや、さん……っや」

乳房の先端を指先で摘まれて、身体が痺れたように震える。首筋に埋めていた顔を上げて、彼は陽子の唇を奪う。最初は啄むようにキスをした。下唇、上唇の順に重ねたあと、深く合わせてくる。

「ん……っふ」

甘い声が出るのを止められず、彼の上着の襟を少し強く摑んだ。そうすると、胸に触れていた手が離れて、陽子の手を上着から外した。薄く目を開けると、彼がネクタイに手をかけて、性急に解くのが見える。

彼の体温が上がっているのを感じ、陽子は重ねたままの唇に夢中になる。清泉の舌が心地よく、絡ませるままになっていた。

息が苦しいと思ったら、唇をずらしてくれるので息を吸う。まるで陽子の息継ぎのタイミングがわかっているかのようだ。自由になった手を再度伸ばし、彼の背を抱き締めた。

「陽子……好きだ」

唇の真上で言われて、胸の鼓動が大きくなった。大好きな清泉からの言葉だと思うと興奮してくる。身体が熱くなり、すでに疼きを感じている下腹部が、拍動を伝える。

「わ、たしも……天宮さん、好き」

熱に浮かされたようにそう言うと、陽子の内腿に手を這わせた清泉は、秘めた部分にも手を伸ばす。彼の指が陽子のソコを下から上へとゆっくり撫で上げた。繫がるところを撫で、そして尖った部分を指先がやや引っ搔くように触れた。

「んっ」

足を閉じようにも、清泉が閉じられないようにしている。だから反応するたびに足が動き、腰が揺れた。

「濡れてるね、いい反応だ」

小さくキスをしながらそう言う彼を見上げる。陽子は困ったように目を伏せ、眉を下げた。

「そんなこと、言わないで」

「言いたくなる。嬉しいよ、陽子。君も熱くなってくれている」

頬に音を立ててキスをされ、彼は陽子の中に指を入れてくる。最初はゆっくり入れてくれた。中を探るように、指が出入りを繰り返す。その行為でさらに陽子の中は彼を受け入れる準備を始めてしまう。最初より確実に潤って濡れてきているのがわかった。

「も、ダメ、やめて、ください……っあ！」

指が増やされ中をかきまわすように動く。何度も出たり入ったりを繰り返し、時には指をクッと曲げて陽子の奥を刺激する。

「や……っ」

「陽子、可愛い」

そう言って陽子の胸に手を伸ばした彼は、両手で揉み上げた。最初のような優しさはなく、強くときどきほんの少しだが痛いと思った。けれど、目を開けて彼の熱い視線を見ると、それさえもどこか痺れる快感になる。

「なんて顔をするんだ、陽子」

吐息交じりにそう言って陽子を見つめる清泉は、男の顔だった。いつもの仕事の時とは違い、色気や熱を帯びた、綺麗な男。

誰かがこの顔を見たら、彼はセックスをしているとわかるだろう。陽子はもうそれだけで、清泉から何をされてもいいと思ってしまう。

何度も角度を変えて舌を絡め合い、陽子の手を取りそこにもキスを落として、清泉が身体をさらに近づけてくる。彼の目を見つめたまま、目が離せない。きっと彼もそうなのだろう。視線を絡めたまま清泉の熱が当たるのを感じる。先端が陽子の身体の隙間に、濡れた音を立てて入ってきた。

「は……っん」

陽子が鼻にかかったような声を上げると、清泉は目を眇め、上半身を起こして彼女を見下ろした。

痛くなかった。全く痛くなかったけど、陽子の中は彼でいっぱいになる。下腹部が埋め尽くされているような感覚に、陽子は息を大きく吐き出した。

「痛く、なかっただろう？」

小刻みに息を乱しながら、コクコクと何度も小さくうなずく。陽子と指を絡ませるように手を繋ぐと、清泉は腰を揺すり始めた。初めは優しく動きも緩慢だったけれど、少しずつ速度が上がってくる。

「あっ……ん」

陽子は自分の口から甘い声が出るのを抑えきれなかった。口を閉じても鼻にかかった声が漏れ、彼の手をキュッと握り締める。

「天宮さん……は……っあ」

清泉が入っているそこは潤いきっていて、濡れた音を立てる。彼が腰を突き上げるたびに、その音が陽子の耳に響いた。何よりも、ソコから広がる疼くような感覚がたまらない。

「も……いや……っ」

「何が？」

彼は意地悪く笑って円を描くように揺さぶった。

「君はこんなに感じているのに」

彼の指が陽子と繋がっている場所をスッと撫でた。それだけで感じてしまい、小さく声を上げる。

「また濡れてきた」

「言わないで……」

彼が隙間をなくすようにぐっと腰を押しつける。

「はあ……」

「君は綺麗だ、陽子。見ているともっと犯したくなってしまう」

陽子は彼の視線を感じ、彼に促されるまま下肢へと目を向ける。

彼は熱の孕んだ目で繋がっている場所を見つめていた。

いつもは整えている彼の髪が乱れ、額に汗が浮かんでいる。前髪が下りている清泉の顔は、壮絶に色っぽかった。

ふと目が合うと、彼は笑みを浮かべる。

「君も見た？　僕のが中に入っているところを」

清泉の声が耳元で聞こえるだけで、身体が崩れてしまいそうだった。首を振ってただ荒く息を吐き出し、甘い喘ぎ声が止めどなく漏れるのを我慢できない。

「気持ちイイ？」

彼の声もどこか掠れていた。それに熱い息が耳に触れ、それにも感じて陽子は息を詰める。

「答えて、陽子」

目を開けると、彼は微笑んだ。いつも笑みを絶やさない彼は、すぐにそれを消して余裕なさげに眉根を寄せ、目を閉じる。

「僕は……とてもイイよ」

長い吐息とともに小さく声を出したのを聞くと、またさらに身体がきゅっと締まった感じがした。清泉を受け入れ、のみ込み、いっぱいになっているというのに、抑えきれないものが込み上げてくる。

「もう、変になる……天宮さん……っ」

彼のシャツに手を伸ばし、強く握り込む。もう片方の手は、彼の手を強く摑んで知らず爪を立てた。

「そうか……それでいい」

彼はそう言ってまた微笑んで、陽子の唇を塞ぐように深いキスをする。

「僕の前で、変になった君を見せて」

そう言うと、清泉は腰を揺する速度をさらに上げ、何度も突き上げるように動いた。

自然と涙が出てしまい、唇がずれる時に必死で息を吸った。苦しいのに、どこか甘くて、恍惚とした甘美な感覚。

もうダメだと思うくらい高められていく。快感が限界に達して強く彼の手を握り締める。

「ん――――っ！」

陽子は腰を反らした。自分のそこが何度も震える。

清泉が激しく抽挿《ちゅうそう》を繰り返し、腰を強く打ち付けた時、きゅっと締めつけて頭が真っ白になる。

息ができない、苦しい、と思った瞬間に清泉の唇が離れて、肺に空気が入る。

「はっ……」

彼が陽子の中から性急に自身のモノを抜いた。そして小さく呻き声を上げてから、スカートが大きくめくり上げられた陽子の白い肌を、白濁で汚す。

陽子は何度も呼吸をし、一度声を出して喘いだ。

目を開けると彼もまた息を乱し、陽子を見つめていた。

音を立てて小さなキスをし、陽子の前髪をかき分けたあと、彼は下着とスラックスのジッパーを引き上げる。そうしてソファーから離れていくのを見た。

ソファーに身体を沈ませたまま、陽子は動けなかった。指先がようやく動いた時、彼は戻ってきて陽子の下腹部をティッシュで拭き取る。

快感の証を見て、なぜか身体がすごく疼いた。いつも隙なく仕事をする、カニンガムホテル東京の社長、天宮清泉。その人が陽子で気持ちよくなって、腹部に出したことが、卑猥に感じる。

もうすでに彼はスラックスの前も、ベルトも整えていた。比べてあられもない格好をしている自分を見て、恥ずかしくて一度目を閉じる。陽子は制服をかき寄せ、開いていた足を閉じようとすると、彼の手が阻んだ。

「拭くから待ちなさい。濡れている」

「……あ、いい、です、そんな……っ」

手を伸ばすより先にソコを拭かれてしまい、小さく喘いでしまった。清泉は陽子の足の間を拭き取ると、ソファーのそばまで持って来ていたらしいゴミ箱へと、捨てた。

彼は片膝をつき、陽子の足にショーツとストッキングを通し、膝まで引き上げてくる。

「自分で……します」

陽子が起き上がると、清泉は陽子を制止するように見上げた。

「いいから、腰を少し浮かせて」

もともと目力がある人だけに負けてしまい、陽子は腰を浮かせた。ストッキングとショーツを綺麗に穿かされて、恥ずかしいと思った。しかし、そう思う頃には陽子の身体が浮き上がり、彼の膝の上に下ろされる。

「客室でなんてね……本当になんてことだ」

彼は可笑しそうに笑いながら、ブラジャーのホックをカチリと合わせた。それから、陽子の制服のボタンを留めていく。すべてを終えると、彼はそのボタンをなぞるように手のひらを這わせ、喉元に触れる。

「君が僕の好意を無視するからだ、陽子」

送ってもらわなかっただけなのに、と陽子は首を振る。

「あの日は恥ずかしくて。それだけですよ……送ってもらうなんて、本当に……自転車もあるし」

「バスを使えばいいのに」

「お金かかっちゃいます……節約しないと、クラブフロア、泊まれなくなるので」

清泉は笑みを口元に浮かべたまま、軽く首を傾げた。

「僕の部屋に泊まればいい。クラブフロアとは比べものにならない」

それはそうだけど、と彼をチラッと見て、それから顔を下に向ける。

「アフタヌーンティーとか、夜のお酒とか……朝食も……食べられるあれが好きなんです」

「あまり食べられないくせに……君はプレジデンシャルスイートの共同フロアを見たことない？　清掃はさせたことなかったが、そこに行けばいつでも、好きな酒と好きなものを食べられる。なければ、電話一つで持ってくるが、知ってた？」

目を丸くして首を振ると、彼は陽子の前髪を軽く梳きながら笑みを浮かべた。

「僕が社長になった時に、整えたシステムだ。ルームサービスがタダ同然なら、部屋に入ってくるスタッフは少ない方がいい。前は共同フロアにはティーセットくらいしか置いてなかったそうだが、今は少ない客に対して豪勢な食事と飲み物を提供している」

そんなこと知らなかった。スタッフでも知らない人がいるんじゃないだろうか。プレジデンシャルスイートのサービスはすごいらしいと聞いたことがあるくらいだ。

ただ、そこに宿泊したセレブは誰もが満足し、その口コミでカニンガムホテル東京に泊まりに来るという。

「ルームサービスしか頼んだことなかったからね。好きに出て行って、食べたいものを食べていい。だから、自転車通勤はよしたらどうかな？　いつでも泊まりに来ていいよ」

魅力的な提案に、あまりにも嬉しすぎて目がチカチカしそうだった。しかし、そこまで甘やかされるのはどうかと思う。それに、自分のお金で宿泊してこその癒しのような気がする。

「そ、それは……私にはすぎた……」

「食べすぎたら、僕と一緒にベッドでセックス。気持ちよくしてあげるよ、陽子さん。さっきみたいに」

彼が陽子のささやかな胸を撫でた。ただ少し撫でただけなのに、胸の尖った部分が張ってくる。

息を詰めて何度も瞬きして、胸の上に留まる彼の手を外す。

「君が清掃した客室は綺麗だ。ゴミは出てしまったがソファーも汚さず、互いに気持ちよかった。カーテンも開けっぱなしで開放的なセックス。なかなか素晴らしい」

陽子はハッとして、窓を見る。清掃の時に窓のカーテンを全開にしたのは陽子だ。周りは高いビルが見えるが、目のいい人が見たら、何をしているかわかったかもしれない。

「な、なんてこと……っ！」

「なんてことだ、本当に」

清泉はクスクス笑いながら陽子を宥めるように、軽くキスをする。

「何時ですか？」

聞くと、彼は高級腕時計を見て教えてくれた。

「十五時四十五分。君の勤務時間は、四十五分オーバーした」

本当になんてことだろう。しかも客室にいたら大変だ。もしかしたら宿泊客が来るかもしれないのに。

「この一回のセックスにだいたい四十五分……この前はどれだけかかったんだろう……」

のんびりと時計を見ながら、エッチなことを言う。

陽子は顔を赤くしながら焦ってしまう。

「早く出ないと！」

「そうだね。でも、ここの部屋はキャンセルが出ている。服を整え、換気、ゴミを捨てても時間はある」

「そうなんですか?」

「十五階に移動したあと、フロントに確認の電話を入れたんだ。間違いないよ」

そう言って陽子を抱き上げながら立ち上がり、床に下ろしてくれた。ネクタイを拾った彼は、それを手早く身に着ける。あっという間にカニンガムホテル東京の社長が出来上がって、陽子は見惚れてしまった。

「帰る支度をしてきなさい。それから、少しおしゃれをして、ディナーでもどうかな?」

陽子は男の人に送られるのには抵抗がある。されたことがないし、特に清泉は陽子をお姫様扱いするから困るのだ。

「でも……自転車、が」

「明日でいいだろう? 仕事帰りに取って行けばいい」

ぴしゃりと言われて、ちょっとムーッと思ったが、確かにその通りだった。清泉との素敵な時間をたくさん過ごせる。

「でも、私は、今日もカジュアルすぎる格好です」

「そんなこと問題ない」

にこりと笑った彼は、ゴミをまとめて清掃ワゴンのダストボックスへと捨てた。そして新しい袋をセットして、元の場所に置く。

相変わらずの手際の良さ。陽子よりも仕事ができそうな彼を見ると、またムーッと思ってしまう。

「裏口で待ってるよ、陽子。話をしたいから必ず来なさい」

そう言ってすっかり仕事モードに切りかえて、先に出て行く。陽子も慌てて身なりを確認した。

「話って何だろう……」

そろそろ服装も改めるべきかもしれない。

彼氏もできたし、何よりも清泉という人の隣にいると、明らかにちぐはぐな格好だ。いつまでも安っぽいものを身に着けるのは、そろそろ潮時のようだ。でも、そうしないとカニンガムホテル東京に泊まれない。

『いつでも泊まりに来ていいよ』

プレジデンシャルスイートのサービスを体験することができ、あの素敵な景色を見ることができる。美味しいものを食べて、一日中あの美しい部屋を堪能し、寝心地がよすぎるベッドで寝て起きて。

「そして、素敵な彼との時間……な、なに言ってんだろ！　でもある意味職権乱用な気がする……」

イカン、イカン、と思いながら陽子はワゴンを押した。

部屋を出て前を見ると立田が立っていた。

「ずいぶん時間がかかったね」

にこりと笑った立田に、陽子は瞬きをして頭を下げた。

「すみません、遅くなって。あの、残業してすみませんでした」

「いいよ。楽しい時間を過ごしたようだね」

さらに笑みを深めた立田は陽子の肩をポン、と叩いた。

「相手が天宮さんだから今回は見逃すけど？」

そう言って陽子の横を通り過ぎる。

陽子は顔が真っ赤になってしまった。

何をしていたかバレて、居たたまれなくなる。いや、全部が全部バレているわけじゃないはず、と自分に言い聞かせる。

「もう、絶対、客室使わない……」

迫ってきたのは清泉だけど、最後は陽子も気持ちよくされて、彼に抱き着いていた。

だから、彼のせいだけだとは思わないけれど。

絶対に誘惑に負けないようにしなければ、と決心するのだった。

15

裏口を出た時、清泉はもうすでに待っていた。

Tシャツにデニムパンツの陽子に対して、彼は着替えたらしく青いスーツを着ていた。上着は手にかけたままで、彼は陽子の手を取るとさっさと裏口に停めていた車に乗せた。

清泉の車は、案の定高級車で、陽子はただ身を小さくしてしまう。

「素敵な車です」

「そう？　ありがとう」

素敵すぎて困ります、と言いたくなるくらいだ。

車のシートだというのに、なんだかソファーのように身体の沈み具合が絶妙だし、収まり具合も抜群だ。足元は広く感じるし、彼の車らしくゴミ一つ落ちていなくて、綺麗だった。

「綺麗ですね、この車。新車ですか？」

「違うけど、隣に人をあまり乗せないから。こっちに来て買った時は新車だったけどね」

落ち着かない、と心の中で呟き、陽子は清泉の声を聞きながら緩く笑う。

「落ち着かない？」

心を見透かされたかのようなその言葉に肩を震わせると、彼は少し声を出して笑った。

「まぁ、慣れなさい。僕の彼女なんだから」

僕の彼女、という言葉がくすぐったくなる。社長である清泉にそんなことを言われるとは思いもよらなかったから、余計にそう感じる。

「……そうは言っても」

「慣れてくれないのか？」

横目でちらりと見た彼の視線にドキドキした。その視線には親しみが込められていたようで、なんだか特別な気がしたのだ。

「じゃあ、君のために、もっとリーズナブルで小さな車を買うよ」

「えっ？」

「この車はまだ新しい方だが仕方がない。好きな人が気に入らないなら、乗らない方がましだからね。買い換えよう」

何を言っているんだ、と陽子は首を振った。

「そんな、極端すぎですよ！」

「社長の威厳は損なわれるけど、しょうがないだろう？　陽子さんが乗らないなら、意味がない」

信号待ちで停まると、ちょうど車を展示している店があった。

「あの車なんかどうかな？　小さくて、ちょうどいい？」

指さしたその車はお世辞にも、清泉に似合うとは言えなかった。今のこの車が似合っていると思うし、何より彼の言う通り威厳が損なわれる。

「そ、そんな！　冗談でしょう？」

「大きい車より、小回りが利いていいかもしれない。君との距離も近くなるし」

そう言ってハンドルをまわし、車の店に入ろうとしたので、慌てて止めた。

「わかりました、ちゃんと慣れます！　こんな車に慣れるのは怖いけど、慣れますから！」

清泉が陽子を見てにこりと笑った。そして、いつの間にかハンドルを握っていた陽子の手を取り、そこへキスをする。

「冗談だよ。でも、慣れてくれるんだな。よかった」

なんだかハメられた感じがするのは気のせいだろうか。彼は大人だし、陽子なんか手の上で転がすのは得意だろうけれど。

「……私みたいに、生活を切り詰めているような女には、すぎたものなんですよ。それなりにいいものは知っていますけど、いざそれに囲まれると目がまわるんです」

本音を告げると、清泉は信号が変わったのか車を動かす。

「慣れたところで別れたりしちゃったら、また正常に戻すのも大変そうな気がします」

もしも、のことは考える。付き合う時間があれば相手を知ることもできる。だから、相手が自分を嫌いになったり、その逆もあるかもしれない。陽子は清泉を嫌いになるかと言ったら、それはない気がする。

だって彼がいるだけでポジティブになれそうだから。それに、大人な彼からは厳しくも優しく、学ぶこともあるだろう。何よりも、彼の笑顔が好きだ。見るだけで心が温かくなる。

陽子がさらに心の内を明かすと、清泉は少し声を出して笑った。

「陽子さんが陽子さんなら、僕は別れたりしない。クラブフロアに泊まり続ける君を見つけたのは僕だ。君の仕事ぶりも、その控えめな性格も、その正常な生活、金銭感覚、どれも好きだよ」

どれも好きだと言われ、陽子は心臓が高鳴る。

「どんな格好をしててもなんとも思わないが、泊まりに来る時のおしゃれな格好をした君は素敵だったな。綺麗だと思った」

さらにドキドキすることを言われて、陽子は内心首を振る。

いまだかつて、男の人に褒められたことなんかなかった。その中でもハイクラスにいるような人が、天宮清泉だ。社長の肩書を持つ、高級車を乗りまわすような人に、陽子は綺麗だと言われている。

「今日はもっと綺麗になって欲しい」

「え？」

微笑む彼は、ただ町の中心へと向かっていくだけだ。言葉の意味がわからずに、ただシートに身体を沈める。本当に座り心地がよく、まるで車の中だとは思えないくらいだった。

だから陽子はちょっとだけ眠くなる。そんな様子を見て彼が笑っていることには気づかなかった。

☆　☆　☆

落ち着かない格好にされてしまった陽子は、何度も自分の姿をじっと見てしまう。髪の毛はダウンヘアだが、ゆるく巻かれて化粧も今どき風にされた。赤いリップは丁重にお断りし、ベージュのリップにした。白のオフショルダーのワンピースは裾が広がらない、上品なタイプ。足元のパンプスはシルバーのローヒール、ストラップ付にしてもらった。

彼が手を差し出して横に並ぶと、もう少しヒールが高くても良かったかも、と思う。

というか、ここまで姫にされるとは思わず、陽子はとてもくすぐったく、とにかく落ち着かない。

ほんの少し眠たくなっている間に、陽子は有名ブランド店が建ち並ぶ場所へと連れて来られていた。

清泉はためらいもなく、一つのブランド店に入り、陽子を着せ替え人形のようにあれでもない、これでもないと、着替えさせた。

そうして彼の満足のいくようにドレスアップさせられ、上機嫌の清泉は、ディナーに行こうと言ったのだ。

「このお店、何料理のお店ですか？」

「ああ、イタリア料理。フルコースじゃないのにね。君は食べるのは好きだが、量が入らないしね」

にこりと笑った彼といて、今の服装はなんらおかしくない。どこかのブランドの服と靴だろうけど、よくわからない。

「ご飯食べるのに、白って……気を使います」

「じゃあ、気をつけて。よく似合ってる。君ははっきりした色の方が似合うな」

最初は黒のノースリーブワンピースを勧められた。膝上から三十センチほどがベージュ色のチュールスカートになっているが、あまり広がりがなく可愛い感じだった。それからもう一つ赤を勧められたが却下し、白いワンピースを着ることになった。

「あの……二着も服を買うなんて、いいんでしょうか？」

黒のノースリーブワンピースを見た時に、目を輝かせた陽子を見たからだろう。似合っているから白と黒を、と言って黒のワンピースの方は包んでもらっている。

確かにすごく可愛いしデザインも大好きだけど、恐縮してしまう。男の人に服なんて、初めて買ってもらったから。

「君も知っている通り、社長だから。遠慮せずにもらっておきなさい。いつかデートで着てくれたらいい」

「デートにはもったいないような気がします」

「じゃあ、小泉陽子になった時に着たらいい」

ほどなくして料理が運ばれてくる。互いにお酒は断っているので、飲んでいるのは水だ。

「天宮さん、お酒、よかったですか？」

「車だからいいんだ。それに、ここ最近酒の量が多かったから、陽子さんと食事の時くらいは休肝日にしないと」

最近毎日なんてすごいな、と陽子は瞬きをしながら前菜を食べた。

「自分の肝臓がフォアグラと一緒にはなりたくないね。運動はしているけど」

「フォアグラ？　天宮さんの肝臓が？」

「食べたら美味しいかもしれない」

陽子が思わず笑うと、彼も笑って食事を口に運んだ。

高級そうな雰囲気に気圧されていたのだが、力が少し抜けると美味しく料理を味わえる。

「野菜とか食べてます？」

「こういう前菜でね。できるだけ食べてはいるけど、夜はね……付き合いも多くて」

ちょっと困ったように言うのを見て、社長も大変だな、と思う。

「お仕事だったんですか？　今日私を誘わず、ゆっくりしても……」

「そんなこと言わないで欲しいな。好きな人と過ごすのは、プライベートなんだ。ほとんどが仕事関係なんだから、陽子さんと過ごすこの時間が欲しかったんだ」

陽子は自分の言った言葉が余計だったかも、と反省した。彼を見ると、フッと笑って陽子を見つめる。

「好きだよ、陽子。仕事の時も君が隣にいたらいいのに」

「……そ、そんなこと。できませんよ……仕事とプライベートは別にしないと」

いつかこの人と、ずっと暮らす、なんてことになるだろうか。それこそ結婚して、互いの時間を共有し、一緒にこうやって笑い合ったり。

そこまで考えて、まだ出会ったばかりなのに、なにを先走りしてるんだと思う。

でも、陽子はなんだかこの年上で、遠い世界にいるような人と、結婚するんじゃないかなという予感があった。彼の世界に飛び込んだり慣れる自分は想像できないけれど。

「じゃあ、ちょっと考えてみて欲しい」

彼は水を飲んだあと、は、と小さく息を吐いた。

「僕と暮らす未来とか、仕事の時の食事会には、毎回僕の隣にいる自分を」

陽子が考えていることを彼は言った。彼と暮らす未来を今、陽子は思っていたのだ。

「あ……」

「すぐには考えられないだろうけどね。ただ来年には、スイスへ異動になる」

陽子は彼が言った言葉に目を丸くする。日本の社長に就任して二年ほどしか経っていないはずだ。彼がカニンガムホテル東京を立て直して、まだ間もないというのに。

「そんなに早く異動になるなんて」

「まぁ、確かにもう少しいるかと思ったんだけどね。以前、スイスのベルンにカニンガムホテルがあったんだが、そこから撤退させる仕事をしてね。けど、また進出するんだ。今度はジュネーブにホテルを作る。今は買収したホテルを改装中でね。それが終わったら、立ち上げから軌道に乗るまで社長を務める」

軌道に乗るまで、というと何年かかかるだろう。きっと実績も出さないといけないはずだ。

「正直、行きたくはないんだけど、しょうがない。もう大変なことはしたくないと思っていたし、君がいるから余計に、日本にいたいと思った」

清泉の言葉に陽子は笑みを浮かべた。陽子がいるから、というそれが嬉しかった。

「まだ少し先のことだが、先に言いたくてね……スイスに、ついてきて欲しい」

少し頭を下げた清泉はしばらくそうして、頭を上げた。

「返事はすぐにとは言わない。日本を離れるし、何より言葉が違う……だから……」

彼の言うことが半分以上耳に入らなかった。

けれど、カニンガムホテルが新しくスイスにできて、彼はそこへ行ってしまう。そして今は付き合って間もない恋人の陽子に、ついてきて欲しいと言った。

清泉と暮らすことになり、さっき考えていた通り、結婚をすることまでを想像した。そしてスイスに行けば、新たなカニンガムホテルを、もしかしたら最初から見ることができるのかも。

「それは、結婚、ということですか？」

陽子の声は少し掠れていたかもしれない。清泉は一瞬だけ笑みを消し、それから微笑んだ。

「遠いところだし、君がどう思うか、どう答えるかわからなかったから、なにも用意していないんだ」

彼は肩を落として、大きくため息を吐いた。

「坂下陽子さん」

「はい」

「僕と一生、連れ添ってくれませんか？　君と結婚したい。この言葉は、君以外の誰にも言わない。この年まで独りでいたことの意味を、君と出会うことで理解できた」

陽子は胸がいっぱいになり、言葉が出なかった。

こんなことってあるだろうか。カニンガムホテル東京の社長の清泉とは、まだ付き合って間もない。でも、彼の言う通り、出会いを大切にしたい陽子がいる。

清泉の言葉の重みを感じ、それに応えたいと思う。

「目覚めたらすぐに、君に朝の挨拶をしたい。そして、誰よりも遅くに、君におやすみ、と言って眠りにつきたい。そのどちらもできない時があったとしても、昼にはこんにちは、と言えるくらい近くにいて欲しい」

天宮清泉という人は、すごい人だ。人当たりも良く、いつも笑顔。

それに、容姿は抜群で宿泊客はもちろん、ホテルスタッフだって彼を目で追いかける。彼の仕事の実績はすごくて、カニンガムホテルグループのトップだって一目を置いているような人だ。

彼の将来は安泰だと、この間のパーティーで囁かれていた。彼を狙っている美人もいて、陽子は遠い人だと思っていた。

「私、ハウスキーパー続けたい、です」

ようやく言えたのがそれだった。が、彼は瞬きをして表情を少し硬くした。それで、陽子は自分が断るような言葉を言っているのに気づく。

「あ！　ではなくて……私、遠い人だと思っていたんですけど……天宮さん、朝も昼も夜も……毎日挨拶が言えるくらい近くにいてくれるんですね」

陽子が見上げると、清泉は肩を落として大きく息を吐く。

「そうだな。それで?」

「……連れて行ってください。ただ、ホテルスタッフとしての仕事も、してみたい」

きっと素敵なホテルだろう。写真で見る各国のカニンガムホテルは、どれも綺麗でその国の雰囲気を感じることができる。ホテルスタッフも優秀に違いない。

「ホテルスタッフ……そう……君はブルースターを持っているし、問題はないだろう」

「ですよね?」

陽子が目を輝かせて笑みを向けると、彼はただ困った顔で笑う。

「僕の妻には、なってくれないのかな？」

「あ……えっと……」

陽子は横を向いて、焦ったようにうつむく。

「天宮さんの、奥さんが、ホテルスタッフって……印象悪いですよね？」

「別に。陽子さんが僕のものになって、ついてきてくれるなら構わない。妻がホテルスタッフなのは、ＣＥＯのエドワード・バルドーも同じだ」

「そうなんですね……すごいなぁ」

清泉は微笑み、それから陽子をまっすぐに見つめる。

「結婚して、ついてきてください」

彼の言葉がすごく丁寧で、そして熱を帯びている気がした。

陽子は、彼の真剣な言葉に、明後日の返事をしている。別に困らせるつもりはないのだが、思わず言いたいことの方が先に出てしまった。

こういうのはわがままなのかも、と思いながら陽子は椅子に座り直して軽く頭を下げた。

「はい。よろしくお願いします」

頭を上げると、清泉は可笑しそうに笑って、少し首を振って陽子を見る。

「君はやっぱり、斜め上をいく……ああ、緊張した……プロポーズなんか、本当に一生に一度でいい」

肩を落とした彼は、ネクタイを軽く緩める。

そしてテーブルに置いていた陽子の手を取ると、キュッと握った。

「君が好きだ。一瞬断られるのかと思ったよ。今度指輪を買いに行かないか？　一緒に」

清泉が握っている陽子の手は左手だった。彼は親指で薬指を撫でる。

「どんな指輪がいいだろう。好きなブランドはあるかな？」

もしかしたらとんでもなく高価なものを言い出しそうで、陽子は慌てて首を振った。

「ブランドなんてそんな！　普通でいいんです……もらえるだけで、嬉しいですから。それに、高級店に一緒になんて入れませんし」

「指輪のサイズを知らない。こういうものは、予測をして買うものではないしね。あと、僕の妻になるからには、それなりのものを身に着けてもらいたいな」

そう言って陽子の手にキスをする彼は、本当に大人の男だ。いつもこの人に翻弄されているようで、陽子は自分が子供っぽく思える。

「私、天宮さんに、手の上で転がされている気分です」

うう、と唸ってから言うと、彼は少し声に出して笑った。

「それはそっちだろう。一回り以上年上の男を、振りまわしている」

まだ食事の途中なのに、もうすでにお腹がいっぱいな気分だ。

だって、大好きな彼からプロポーズをされた。幸せな気持ちがあふれて胸が熱くなる。

でも清泉は、やっぱり大人だった。

「早く君の服を脱がせたい。僕の部屋で」

さっき客室でしたのに……と、一気に顔が熱くなる。

「さっきもしたのに、と思っているだろう？」

図星を刺されて瞬きすると、フッと笑った彼は陽子の手首を握り、そこを撫でた。

「男が買ってやった服は、その日に脱がされるのが常だ。よく覚えておきなさい」

陽子は何とも言えず、ただゆっくりと離れる彼の手を見た。

彼の熱い視線に、もう食事など続けられる気分ではなかった。

☆　☆　☆

ホテルのロビーを通ると、宿泊客が振り返る。

それはそうだろう。彼はこのホテルの社長であり、容姿も抜群で、素敵なスーツを着ている。

陽子はその視線を感じながら、彼の横を歩いた。今日の自分の格好やメイクは、彼の隣にいて大丈夫だが、やっぱり人目を引くのは清泉だと伝わってくる。

エレベーターに乗るまで、周囲からの視線を感じていた。陽子が清泉を見上げると、彼は気づいたように笑みを向けた。

「天宮さん、すごく見られていましたね」

「君もね、陽子さん」

彼の言うことがよくわからず、陽子は眉間に皺を寄せた。

「そんな顔をしない。白のオフショルダーワンピース、よく似合ってる。美しいよ」

「そんなことないですよ」

「あるよ、そんなこと。君の肩を見ていると、囓《かじ》りついて痕を残したくなる。僕のものだってね」

ストレートすぎる彼の言葉に陽子は真っ赤になってうつむいた。彼の声は明らかに陽子を欲しがっている。

エレベーターでは二人きりだった。清泉が陽子の肩を撫で、そこへキスをする。

「お互い注目されていた。君は綺麗だし、僕はこのカニンガムホテル東京の社長だから。きっと、イイ女連れているとでも、思っていたんじゃないかな」

そんなことない、というより先に鏡に映っている自分と清泉が見えた。それに気づいた彼は鏡の中でにこりと笑い、陽子の髪の毛すべてを片方の肩へと寄せる。現れた白い肌に音を立てて口付けを落とし、そのまま陽子を軽く抱き寄せた。

「見ての通り、陽子さんと僕は、お似合いだと思うけど？」

いつもの陽子は、適当な服を着ている。カニンガムホテル東京に泊まる時は、できるだけ背伸びをしているけれど、どこか無理をしている感は否めなかった。

でも、今の陽子は上質な素敵な服を着ている。靴だって、値段を見るだけでも卒倒しそうだった。それを清泉は遠慮なく陽子に身に着けさせ、髪を整え化粧をさせた。いつも無理していているメイクよりも、抜けているメイクなのに、色使いが良いのか、化粧品そのものが良いのか、陽子は綺麗になったと自分でも思っていた。いったいどうやったら、こんな風になれるのかと目を見張るほどだった。

「パンプス、もっとヒールが高いのにすればよかったです……」

歩きにくいのは嫌だから、五センチほどのヒールにした。清泉が選んでくれたパンプスに、文句を言うわけじゃない。それに、買ってもらっておいてこんなことを言うのは、いけないことだと思う。

「すみません。悪気はないんです……本当に恐縮するほど、素敵にしてもらえて嬉しいんです」

「わかってるよ。それで?」

「……もう少し、背が高い方が、天宮さんと釣り合う気がしたんです。だから、パンプスを……」

清泉は背が高い。だから陽子はもっと背伸びをするべきだったな、と思ったのだ。素敵にしてもらえて、彼と釣り合うようになっているのに、もう少しヒールが高かったらもっとよかった。

「ああ、陽子……そんなことない」

「でも……」

「君と僕の身長差が好きだ。パンプスのせいで背が高くなっているから、キスはしやすいけどね」

そう言って、清泉は小さく陽子に口付けた。

「私、もっと……天宮さんに似合うようになりたいです。今すごく、それを思った」

彼を見上げると、少し強く抱き寄せられ一瞬息が詰まった。

腕にすっぽり収まっている自分の身体は、やっぱり細すぎると思う。でも、この腕にしっかりと抱き締められるこの感覚が気持ちいい。

「あまり煽らないで欲しいな、陽子」

清泉が陽子の顎を持ち上げて、深く唇を重ねてくる。最初から目のくらむような激しいキスで、彼にすがりついてしまう。

舌が絡んで吸われ、どうにか唇の隙間から苦し紛れに呼吸をする。エレベーターはいつの間にか停まっていたらしく、ドアが開く音が聞こえた。

「あ……降りないと……っん」

再度唇が塞がれ、身体が浮き上がる。片時も離したくないとばかりに、キスをしながら移動し、彼はプレジデンシャルスイートに続く自動ドアを開けた。

そうしてその奥にあるドアを開けて中に入ると、陽子のパンプスが片方脱げた。

「あ……っく、くっ……」

「放っておきなさい、今は君の服を脱がせたい」

彼は寝室へ移動しながら器用にも、陽子のワンピースのファスナーをゆっくり下ろしていく。やや剝き出しになった背に、清泉の手の温かさを感じる。陽子はこれから彼と身体を重ねることを思い、胸を高鳴らせた。

ベッドに背をつける時にはすべてが下ろされて、オフショルダーから覗いていた肩は全開になり、チューブトップが露《あら》わになる。

「天宮さん……シャワー……」

すぐ清泉の顔が陽子の首筋に埋められ、耳の後ろにキスをされた。もうシャワーは却下かも、と考えていたら案の定だった。

「コトが終わってからにしなさい。今は無理。君に入りたくてたまらない」

そのあからさまな言葉に顔が赤くなる。もちろんそのせいだけではないが、欲を孕んだ目で見つめられ、陽子は小さく喘ぎ声を漏らした。

ブラトップが外されると、陽子の胸が清泉の大きな手に包まれ、先端を摘まれる。

「んっ」

胸を突き出すように身体がビクリと動くと、彼が唇を近づけた。まるで食べられるようだと思った。口を開き、陽子の胸の頂を吸うと、濡れた音が聞こえる。その感触と音に、腹部から込み上げてくる何かで変になりそうだった。

「や……っ」

せっかくのワンピースは床に落とされた。ショーツに手をかけられて、一気に下げられたことで、陽子の肌は羞恥に赤く染まる。

「も……っと、ゆっくり……」

「そうしたいんだけどね」

彼は掠れた声でそう言いながら、ようやくネクタイを解いた。そして上着を脱ぎ、ベストのボタンに手をかけて脱ぎ始める。

「君の前では、余裕の欠片もない。本当にいつも、僕はどうしたんだか……」

ベストを脱いだあと、彼はスラックスのベルトに手をかけ、金具を外す。そしてボタンを外し、ジッパーを下げていく。

陽子が足を閉じようとすると、閉じられないように腰を入れて足を開かせた。

何もかもが見えていることに耐えきれず、陽子は頬を染めて横を向く。どうしてもソコを見られるのには慣れない。まだ、こういうことになって日が浅いからかもしれないが、清泉は恥ずかしくないのだろうか。

「天宮さんは、恥ずかしくないんですか？」

「羞恥心はあるよ。でも、身体で感じないと、解決しない欲求がある。そしてそれは、すごくイイんだ。君とすると、ね」

陽子の足の付け根を両手で撫でる。そうしながら膝をさらに開き、彼の指が陽子の秘めた部分を下から上へと撫で上げた。最後に引っかかるようにして指が離れていき、すぐにまた撫でる。

「あっ……ん！」

秘めた部分の、ピンと尖った部分を何度も撫でられ、そして指で摘まれると腰が勝手に跳ねてしまう。甘い声を出してしまうのを止められない。

「いい声だな」

クスッと笑った彼に、さらに頬が熱くなる。

「言わないで」

「どうして？　それだけ感じてるんだろう？　君の声は下半身に響く。そそられるよ」

彼の指がさらに奥へと伸びてきて、陽子の中を探ると、身体が揺れてしまう。

「天宮さ……っ」

「身体は正直だ……もう濡れてるな、陽子」

そんなこと言わないで欲しいと思う。清泉が陽子に触れるからそうなるのは、当たり前だ。

「好きな人に、触られたら、誰だって……っあん！」

「君にそんな可愛いことを言われるとは……手加減できなくなりそうだ」

緩く出入りしていた指が最奥をクッと押した。身体が震え、清泉のシャツを握り締める。

陽子の奥を刺激しながら、清泉は胸に唇を寄せて含む。感じて先端が尖り、突き出すように揺れ動くのを止められなかった。

もうダメ、と思うほど感じさせられている。たいして肉のない臀部を揉まれたりするだけでも、陽子はよかった。彼の温かい身体が触れているだけで、もう身体の奥にある快感を解放したくなる。

「入れそうだから、入れるよ」

しゃくりあげるように息をすると、彼は優しく微笑み頬を撫でる。スラックスの前が開かれ、布地を押し上げている彼のモノがはっきりと見える。下着をずらすと、彼の反応しきった自身が出てきた。

「あ……」

大きいと思う。アレが初めて入った時、すごく痛かった。自転車にしばらく乗れなかったくらい。

でも、もう陽子の中に彼のが入ることはわかっている。それに、まだ彼とのセックスに慣れていないというのに、早く繋がりたいと思う。

ゆっくりして欲しいという気持ちと、早くという気持ち。どっちもあるけれど、今は早くの方が強くなっていた。

彼が自分自身に避妊具を着けるのを見ていて、次は着けてあげてみたいと思った。迎え入れるように足を開く時には、力を抜いてしまっていた。

「君も待ってる?」

心を見透かされたようで、真っ赤になる。清泉のモノが陽子の身体の隙間に宛がわれる。

彼の先端が少し入ってきて、そして止められた。

「あ……」

「ここ、潤いすぎて、シーツを濡らしてる」

繋がる部分を指でなぞられて、小さく甘い息を漏らした。

「僕だけじゃないと、教えて欲しい。君も、繋がりたいと思ってる？　陽子」

少しだけまたクッと中に入ってきたかと思うと、すぐに引いてしまう。自分のものを濡れたソコに滑らせるようにして、彼は陽子を焦らした。

「天宮さんは？」

「入りたいに決まってる。痛いくらい、張り詰めてるからね」

「だったら……」

陽子が泣きそうになりながら見上げると、彼は目を細めて笑って、それから陽子の腹部を撫でた。

「僕はいつも君に片思いだな……僕の方が君に参って、欲しくなってしまう」

清泉のモノがゆっくりと陽子の中に入ってきた。濡れた音が聞こえてくるのは、陽子が彼を待っていたせいだ。清泉の熱を受け入れ、陽子は自分の身体が彼を強く包んでいく快感に耐えた。

「そんな、ことない……わかってる、はずです……っ」

陽子と清泉の腰がぴったりと重なる。深く彼と繋がっていっぱいに埋められているのがわかり、陽子は熱い息を吐いた。

「僕が欲しかった？」

清泉が吐息交じりにそう言って、一度身体を突き上げる。

陽子はうなずいて、彼に手を伸ばした。

「欲しかった、です」

彼はしたたる汗を拭ってから、陽子の両手を取り、優しい笑みを浮かべた。いつも微笑んでいるような柔らかい顔。乱れた前髪から覗く綺麗な目鼻立ち、スタイルの良い身体。まるで陽子を蕩けさすような、男の色気を放っているようだった。

「君の中、締め付けて僕を歓迎しているみたいだ」

両手の指を絡ませ、キュッと握られる。

それが合図のように清泉は陽子の腰を断続的に揺すり始めた。

「あっ！」

時には浅い部分を緩く突いたかと思うと、一番奥の部分を抉るように打ち付ける。肌が当たる乾いた音と、繋がっているところから聞こえる濡れた音。

これ以上にないくらい陽子は感じていた。指を解いた彼はささやかな胸を揉み上げる。時には頂を摘んで刺激し、顔を伏せて唇で愛撫もした。

一度身体の繋がりを解かれ、陽子はうつ伏せにされる。そして腰を掴まれ、お尻を突き上げるような格好にされた。

「やだ……っあ！」

清泉に何もかもさらすような格好をさせられ、再び彼が一気に入ってくる。やや性急に身体の奥まで入ってきたので、息が詰まった。けれど、緩く動いてくれたので、すぐに息を吐き出す。

とても恥ずかしい格好だった。淫らすぎる姿を彼に見られている。

「この、体勢、恥ずかし……っ」

「君の背中を見たかったから」

そう言って腰を円を描くように揺り動かされ、感じる部分に清泉の先端が当たる。身体を支えきれなくなり、陽子はベッドに突っ伏してしまう。

それから彼は、断続的に腰を動かした。

出入りする彼の硬いモノをより一層感じられ、陽子はどうしようもなくなってしまう。

彼の手が背中を撫でる。陽子の肌をゆっくりと。

いつも温かくサラリとしているその手が熱く汗でしっとりしていた。

陽子の脇腹に手を這わせた時、背中にぽたりと何かが落ちたのを感じた。

そっと顔を上げて彼を見ると、こめかみに汗のしたたりが見えた。

清泉は陽子の長い髪を片側に寄せて、背中にキスを落とし、脇腹にもキスをしながら、肌を強く吸う。

そうしながら覆いかぶさって陽子と視線を合わせ、清泉は色っぽく微笑んだ。彼のそんな様子を見てしまうと、ぞくぞくした快感が背筋を走りもうだめだった。

「も……っいや……ダメ……っ」

「イきなさい、陽子」

彼の声がいつもよりかなり低く掠れている。きっと清泉も限界が近い。

快感を追い求めるように荒々しく貫かれ、陽子を穿《うが》つ濡れた音も、何もかも遠くに聞こえる。内腿に流れる自分の身体から出た体液さえ、もうどうでもよくなる。

これ以上は、という瞬間に清泉が陽子を強く突き上げた。

「あ……っあ！　ん────！」

何も考えられない。強烈な快感に襲われ、ただ脱力してしまい身体がベッドに沈む。彼の重みを背中で感じながら、清泉もまた達したのだろうと思った。

うつぶせのままそっと視線を上にやると、彼は荒い息を吐いていた。陽子と同じように、忙しなく呼吸をしている。

少し眉間に皺を寄せ、それから目を閉じて、大きく息を吐き出すのが見えた。

彼のモノがゆっくりと陽子の中からいなくなり、感じるのは喪失感。

「陽子」

名を呼ばれ、首を動かすと深いキスをされる。

息が整わなくて苦しいけれど、それが気持ちよくて清泉の舌に応える。

そうしているうちに、身体がフッと軽くなって。

陽子はそのまま目を閉じてしまう。彼とのキスの間に眠りに落ちてしまっていた。

☆　☆　☆

――翌朝。

陽子が目覚めると、あたりはもう明るかった。知っている天井は、プレジデンシャルスイートだった。

昨日は、プロポーズされてそのまま清泉とセックスをしたんだった、と思い出すと、途端に夢だったのではないかと思う。

夢だな、でもやけにリアルだった、と陽子はホウッと息を吐き出した。そしてまだ眠気が残っているから、一度目を閉じてクーッと眠りそうになる。

そこでベッドが少し揺れたのを感じて、薄目を開けた。

「おはよう、お寝坊さん。もう、朝の十時半だ」

カニンガムホテル東京の社長、天宮清泉が陽子を見て柔らかく微笑んでいる。

今日の彼はスーツではなく、VネックのTシャツを着ている。それに、コンタクトではなく眼鏡だ。

「まだ寝てる気？　そろそろ起きて欲しいな」

クスクス笑う彼を見て、何度か瞬きをしてうなずく。

「起きます」

「そう、起きないとね。朝食を食べに行かないなら、ルームサービスだ。君は朝ご飯を楽しみにしているのと思っていたのにね」

そう言って陽子の頬を撫でる。

「君に一番最初に、おはようが言えた」

前髪をかき分けながら、額にキスをするその柔らかさにハッとなる。

『目覚めたらすぐに、君に朝の挨拶をしたい。そして、誰よりも遅くに、君におやすみ、と言って眠りにつきたい。そのどちらもできない時があったとしても、昼にはこんにちは、と言えるくらい近くにいて欲しい』

急に昨日の言葉を思い出した。

昨夜はおやすみ、と言って寝なかったけれど、彼は陽子におはよう、と言った。

「もうすぐこんにちは、になってしまう。早く起きないとね」

優しい目で見つめる清泉に、陽子は思わず口元を両手で覆う。

「どうした？」

「……天宮さん、昨日、私に、プッ、プロポーズ、した？」

彼はそのまま小さく笑って、それから今度は頬にキスをした。

「したよ。寝ぼけてるんだな、陽子さんは」

そのまま唇にもキスをして、額同士をくっつける。

「僕はお腹すいたな、陽子。君が起きないと、食事にありつけないんだけど」

そうしてクスッと笑ったあと、彼は陽子の左手を取る。

「とりあえず、指輪は一緒に買いに行くとして、これでしのぎたいんだけど、どうかな?」

ピンク色の丸くて、花弁がたくさんある花を、指輪みたいに結んでいるのを見せた。そのまま、左手の薬指にそれをはめて、その指へキスをする。

「ダリア?」

「ホテルに来た花屋に一輪もらった。君に似合いそうだったから。……うん、いいね」

一気に現実に引き戻された。ブワッと顔が赤くなってしまう。

「確かに……可愛いですね」

「これからよろしくね、陽子さん。今日は、どうしようか」

彼の言うことが頭に入ってこない。

こんなすごい人にプロポーズされたことを、母にまず報告しないといけない、とぼんやりと思った。母はなんと言うだろうか?

「仕事、休ませてしまったけどね……体調不良って言っておいたよ。立田はかなりブーイングだったけど、まぁ、しょうがない。寝坊させた原因を作ったのは、社長の僕だし」

仕事を休ませた、と頭の片隅で聞こえた気がして、陽子は起き上がった。

「仕事……あ! 私、今日仕事だった!」

「だから休みにしたよ」

「そんな! 勝手にそんなこと!」

陽子が次の言葉を言おうとすると、清泉が陽子の唇に人差し指をつけて閉じさせる。

「勝手にして悪かったけど、さっきも言った通り、原因を作ったのは社長の僕だ。許してくれるかな」

社長の、というところを強調した清泉はにこりと微笑んだ。

そう言われては何も言えない。内心、公私混同しすぎるのでは……と思いながら陽子は小さくうなずいた。

「よかった。じゃあ、とりあえず、食事をとろう」

眼鏡を押し上げて、彼は立ち上がる。いつの間にかそばにガウンが置いてあって、気が利くな、と思った。

けれど休むのはよくない。

「あの、天宮さん、これからはもっと早く起こして欲しいです。仕事に穴を、あけたくないので」

遠慮がちに言うと、そうだね、と彼は笑った。

「でも今日は、プロポーズをした次の日だ。君の一日を、僕に欲しい。君に言った言葉を、今日実行できた幸せを感じたいんだ」

ただ、陽子におはようと言っただけ。

なのに彼はそれが幸せだと言った。

朝、おはようと言い、寝る時はおやすみと言って寝る。

それって、なんて素晴らしいことなんだろう。

愛しい人が、一日の始まりと最後、そばにいるって。

「私も、幸せです。びっくりするくらい、言葉にしても足りないくらい、幸せです」

喜びを噛み締め、にっこり微笑んで陽子がそう言うと、彼はもう一度ベッドに座って陽子を抱き締めた。

「愛してるよ、陽子」

「私も好きです」

「…………」

清泉は少し腕を緩めて陽子を見つめた。

「どうしたんですか？」

首を傾げると、彼はただ口を開いた。

「愛してるよ」

「好きです、天宮さん」

「……あぁ、そうか」

彼は可笑しそうに笑い、また陽子を抱き締める。

「僕の片思いは続きそうだ」

好きだと言ったのに、片思いってなに？

そう思いながらも陽子は彼の腕が最高に温かく心地いいので。

まぁ、いいか、と目を閉じる。

そして彼の背に手をまわし、言葉にしても足りないくらいの幸せを抱き締めるのだった。

あとがき

こんにちは。『今夜、君は僕のものになる』をお手に取っていただき、ありがとうございます。

本当に毎回なんですが、いろんな人にご迷惑をかけています。また書くのに時間をかけすぎてしまいました。

担当編集様をはじめ、出版社の皆様、本当に申し訳ありません。

今回はホテルを舞台に話を書かせていただきました。カニンガムホテルグループというのは架空のホテルですが、いろいろと設定を考えました。考える間は良かったのですが、その先はどうしよう、と思って筆が進まなかったりして。

このカニンガムホテルは、前回出させていただいた『ずっと君が欲しかった』にも登場しております。カニンガムホテルメキシコシティ、として最後の方に名前だけ出させてもらってます。気付いた方はいるでしょうか？

高級ホテルって、世界のいろんな場所にありますよね。私はあまり高級ホテルに泊まったことがないので、調べたりするのは大変でした。取材のため泊まりに行ってみようかな、と思ったんですが、一番近くにあるハイアット系列のホテルには結局お茶をしに行っただけで終わりました。

シンガポールのザ・リッツ・カールトンで美味しいアフタヌーンティーをいただいたこ

とがあります。美味しいのはもちろんですが、一般庶民の私はすごくリッチな気分になってしまいました。

こんなところに一週間以上泊まったらどんな感じなんだろう、と思いました。それこそ、本当に気分が良くなって、ホテルから出なくていいくらいかも、と当時のことを思い出しながら、この話を書きました。

だからこの小説にも、やたらアフタヌーンティーが出てくるのですが、それは私が感動したことをいつまでも覚えていて、どうしても出したかったからです（笑）。

ホテルのレストランって、なんだか高級感があっていいですよね。その場にいるだけで、なんだか気持ちよくなってしまいます。

これは私だけでしょうか。

ヒーローの天宮清泉は色気のある男にしたかったのですが、どうでしたでしょうか？　ヒロインの坂下陽子は一生懸命な可愛い女の子にしたつもりなんですが、どうかな、といろいろ考えてしまいます。

どうか読者様に愛されるキャラでありますように、と願うばかりです。

また次回、執筆が上手くいくようにと思っています。

これからもよろしくお願いいたします。

ここまで読んでいただきまして、ありがとうございました。

井上美珠《いのうえみじゅ》

発売おめでとうございます！
2018.1

Illustration gallery

表紙イラストラフ

「よろしければ陽子さん、
そのペンダントとこのピアスを着けて、
僕とデートしていただけませんか?」

挿絵ラフ
「好きに、ならないわけ、
ないです」
「私、もっと……
天宮さんに似合うようになりたいです」

Opal

今《こん》夜《や》、君《きみ》は僕《ぼく》のものになる

オパール文庫をお買い上げいただき、ありがとうございます。
この作品を読んでのご意見・ご感想をお待ちしております。

ファンレターの宛先
〒102-0072　東京都千代田区飯田橋3-3-1
プランタン出版　オパール文庫編集部気付
井上美珠先生係／篁 ふみ先生係

オパール文庫&ティアラ文庫Webサイト『L'ecrin《レクラン》』
http://www.l-ecrin.jp/

著　者——**井上美珠**(いのうえ みじゅ)
挿　絵——**篁 ふみ**(たかむら ふみ)
発　行——**プランタン出版**
発　売——**フランス書院**
〒102-0072　東京都千代田区飯田橋3-3-1
電話(営業)03-5226-5744
　　(編集)03-5226-5742
印　刷——誠宏印刷
製　本——若林製本工場

ISBN978-4-8296-8325-5 C0193

Opal Label オパール文庫

Op8297

好評発売中!

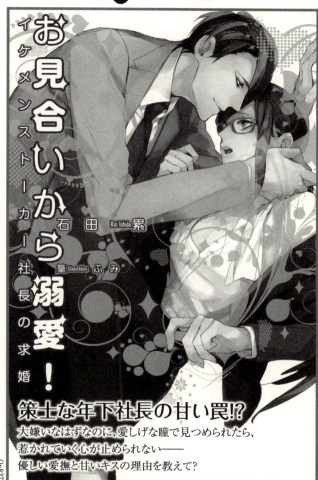

原稿大募集

オパール文庫では、乙女のためのエンターテイメント小説を募集しております。
優秀な作品は当社より文庫として刊行いたします。
また、将来性のある方には編集者が担当につき、デビューまでご指導します。

募集作品

H描写のある乙女向けのオリジナル小説（二次創作は不可）。
商業誌未発表であれば同人誌・インターネット等で発表済みの作品でも結構です。

応募資格

年齢・性別は問いません。アマチュアの方はもちろん、他誌掲載経験者や
シナリオ経験者などプロも歓迎。
（応募の秘密は厳守いたします）

応募規定

☆枚数は400字詰め原稿用紙換算200枚～400枚
☆タイトル・氏名（ペンネーム）・住所・郵便番号・年齢・職業・電話番号・
　メールアドレスを明記した別紙を添付してください。
　また他の商業メディアで小説・シナリオ等の経験がある方は、
　手がけた作品を明記してください。
☆400～800文字程度のあらすじを書いた別紙を添付してください。
☆必ず印刷したものをお送りください。
　CD-Rなどデータのみの投稿はお断りいたします。

注意事項

☆原稿は返却いたしません。あらかじめご了承ください。
☆応募方法は郵送に限ります。
☆採用された方のみ担当者よりご連絡いたします。

原稿送り先

〒102-0072　東京都千代田区飯田橋3-3-1
プランタン出版「オパール文庫・作品募集」係

お問い合わせ先

03-5226-5742　（プランタン出版　オパール文庫編集部）

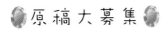